LES
AUTEURS GRECS

EXPLIQUÉS D'APRÈS UNE MÉTHODE NOUVELLE

PAR DEUX TRADUCTIONS FRANÇAISES

L'UNE LITTÉRALE ET JUXTALINÉAIRE PRÉSENTANT LE MOT A MOT FRANÇAIS
EN REGARD DES MOTS GRECS CORRESPONDANTS
L'AUTRE CORRECTE ET PRÉCÉDÉE DU TEXTE GREC

avec des arguments et des notes

PAR UNE SOCIÉTÉ DE PROFESSEURS

ET D'HELLÉNISTES

XÉNOPHON

DEUXIÈME LIVRE DE L'ANABASE

EXPLIQUÉ LITTÉRALEMENT ET ANNOTÉ

PAR M. F. DE PARNAJON

ET TRADUIT EN FRANÇAIS

PAR M. TALBOT

PARIS
LIBRAIRIE HACHETTE ET Cⁱᵉ
79, BOULEVARD SAINT-GERMAIN, 79

LES
AUTEURS GRECS

EXPLIQUÉS D'APRÈS UNE MÉTHODE NOUVELLE

PAR DEUX TRADUCTIONS FRANÇAISES

Ce livre a été expliqué littéralement, traduit en français et annoté
par M. de Parnajon, professeur au lycée Henri IV.

22543. — Paris. Imprimerie LAHURE, rue de Fleurus, 9.

LES
AUTEURS GRECS

EXPLIQUÉS D'APRÈS UNE MÉTHODE NOUVELLE

PAR DEUX TRADUCTIONS FRANÇAISES

L'UNE LITTÉRALE ET JUXTALINÉAIRE PRÉSENTANT LE MOT A MOT FRANÇAIS
EN REGARD DES MOTS GRECS CORRESPONDANTS
L'AUTRE CORRECTE ET PRÉCÉDÉE DU TEXTE GREC

avec des arguments et des notes

PAR UNE SOCIÉTÉ DE PROFESSEURS

ET D'HELLÉNISTES

XÉNOPHON

DEUXIÈME LIVRE DE L'ANABASE

PARIS

LIBRAIRIE HACHETTE ET Cie

79, BOULEVARD SAINT-GERMAIN, 79

1891

On a réuni par des traits les mots français qui traduisent un seul mot grec.

On a imprimé en *italique* les mots qu'il était nécessaire d'ajouter pour rendre intelligible la traduction littérale et qui n'ont pas leur équivalent dans le grec.

Enfin, les mots placés entre parenthèses, dans le français, doivent être considérés comme une seconde explication, plus intelligible que la version littérale.

ARGUMENT ANALYTIQUE

DU DEUXIÈME LIVRE DE L'ANABASE.

I. Les Grecs n'apprennent la mort de Cyrus que le lendemain de la bataille de Cunaxa. — Ils offrent le trône à Ariée. — Artaxercès somme les Grecs de lui livrer leurs armes. — Fière réponse de Cléarque.

II. Les Grecs rejoignent Ariée. — Délibération sur la route qu'il faut suivre. — Le premier jour de marche, les Grecs rencontrent l'armée d'Artaxercès.

III. Artaxercès propose aux Grecs un accommodement. — Cléarque refuse de traiter si on ne fournit des vivres à ses soldats. — Le roi fait conduire les Grecs dans des villages bien approvisionnés. — Entrevue de Tissapherne et de Cléarque. — Convention conclue avec le roi.

IV. Les Grecs attendent Tissapherne pendant vingt jours. — Dans cet intervalle, Ariée leur devient suspect. — Retour de Tissapherne. — On se met en marche. — Défiance réciproque des Perses et des Grecs. — Arrivée à la muraille de Médie. — Les Grecs rencontrent un frère naturel du roi qui venait à son secours avec une nombreuse armée. — Marche à travers la Médie.

V. Arrivée au fleuve Zapatas. — Entrevue de Cléarque et de Tissapherne. — Les principaux chefs des Grecs sont pris par trahison et livrés au roi. — Ariée somme les Grecs de rendre leurs armes à Artaxercès. — Fière réponse de Cléanor d'Orchomène.

VI. Portrait des généraux grecs pris par trahison et livrés à Artaxercès.

ΞΕΝΟΦΩΝΤΟΣ

ΑΝΑΒΑΣΕΩΣ[1]

ΒΙΒΛΙΟΝ ΔΕΥΤΕΡΟΝ.

I. Ὡς μὲν οὖν ἠθροίσθη Κύρῳ[2] τὸ Ἑλληνικόν, ὅτε ἐπὶ τὸν ἀδελφὸν Ἀρταξέρξην[3] ἐστρατεύετο, καὶ ὅσα ἐν τῇ ἀνόδῳ ἐπράχθη, καὶ ὡς ἡ μάχη[4] ἐγένετο, καὶ ὡς Κῦρος ἐτελεύτησε, καὶ ὡς ἐπὶ τὸ στρατόπεδον ἐλθόντες οἱ Ἕλληνες ἐκοιμήθησαν, οἰόμενοι τὰ πάντα νικᾶν καὶ Κῦρον ζῆν, ἐν τῷ ἔμπροσθεν λόγῳ δεδήλωται.

Ἅμα δὲ τῇ ἡμέρᾳ συνελθόντες οἱ στρατηγοὶ ἐθαύμαζον, ὅτι Κῦρος οὔτε ἄλλον πέμποι σημανοῦντα ὅ τι χρὴ ποιεῖν, οὔτε αὐ-

1. La levée des troupes grecques faite pour Cyrus. quand il entreprit son expédition contre son frère Artaxercès. les divers incidents de sa marche, les détails de la bataille, la mort de Cyrus, le retour des Grecs à leur camp pour y prendre du repos, persuadés qu'ils avaient remporté une victoire complète et que Cyrus était vivant, tels sont les faits qui ont été exposés dans le livre précédent.

Au point du jour, les généraux s'assemblent, étonnés que Cyrus n'envoie personne ordonner ce qu'il faut faire, ou qu'il ne paraisse

XÉNOPHON

L'ANABASE

LIVRE DEUXIÈME.

I. Ὡς μὲν οὖν τὸ Ἑλληνικὸν ἠθροίσθη Κύρῳ, ὅτε ἐστρατεύετο ἐπὶ τὸν ἀδελφὸν Ἀρταξέρξην, καὶ ὅσα ἐπράχθη ἐν τῇ ἀνόδῳ, καὶ ὡς ἡ μάχη ἐγένετο, καὶ ὡς Κῦρος ἐτελεύτησε, καὶ ὡς Ἕλληνες ἐλθόντες ἐπὶ τὸ στρατόπεδον ἐκοιμήθησαν, οἰόμενοι νικᾶν τὰ πάντα καὶ Κῦρον ζῆν, δεδήλωται ἐν τῷ λόγῳ ἔμπροσθεν.

Ἅμα δὲ τῇ ἡμέρᾳ οἱ στρατηγοὶ συνελθόντες ἐθαύμαζον ὅτι Κῦρος οὔτε πέμποι ἄλλον σημανοῦντα

I. Comment d'une-part donc *l'armée* grecque fut rassemblée pour Cyrus, lorsqu'il faisait-une-expédition contre le (son) frère Artaxercès, et toutes-les choses-qui furent faites dans la marche-en-haut, et comment le combat eut-lieu, et comment Cyrus finit *sa vie*, et comment les Grecs étant allés vers le (léur) camp dormirent, pensant vaincre *dans* le tout (complétement) et Cyrus vivre, a été montré dans le discours d'-auparavant.

Mais avec le jour les stratéges s'étant réunis s'étonnaient que Cyrus ni n'envoyât un autre devant signifier

τὸς φαίνοιτο. Ἔδοξεν οὖν αὐτοῖς συσκευασαμένοις ἃ εἶχον καὶ
ἐξοπλισαμένοις προϊέναι εἰς τὸ πρόσθεν, ἕως Κύρῳ συμμίξειαν.
Ἤδη δὲ ἐν ὁρμῇ ὄντων ἅμα ἡλίῳ ἀνίσχοντι ἦλθε Προκλῆς, ὁ
Τευθρανίας[1] ἄρχων, γεγονὼς ἀπὸ Δημαράτου[2] τοῦ Λάκωνος,
καὶ Γλοῦς[3] ὁ Ταμώ[4]. Οὗτοι ἔλεγον ὅτι Κῦρος μὲν τέθνηκεν,
Ἀριαῖος[5] δὲ πεφευγὼς ἐν τῷ σταθμῷ εἴη μετα τῶν ἄλλων βαρβάρων, ὅθεν τῇ προτεραίᾳ ὥρμηντο, καὶ λέγοι ὅτι ταύτην μὲν
τὴν ἡμέραν περιμείνειεν ἂν αὐτούς, εἰ μέλλοιεν ἥκειν, τῇ δὲ
ἄλλῃ ἀπιέναι φαίη ἐπὶ Ἰωνίας, ὅθενπερ ἦλθε. Ταῦτα ἀκούσαντες
οἱ στρατηγοὶ καὶ οἱ ἄλλοι Ἕλληνες πυνθανόμενοι βαρέως ἔφερον. Κλέαρχος[6] δὲ τάδε εἶπεν. Ἀλλ' ὤφελε μὲν Κῦρος ζῆν ·

pas lui-même. Ils se décident à plier les bagages qui leur restent,
à prendre les armes, à se porter en avant et à rejoindre Cyrus. Ils
se mettaient en marche, lorsque, au lever du soleil, arrivent
Proclès, gouverneur de la Teuthranie, descendant du lacédémonien Démarate, et Glos, fils de Tamus. Ceux-ci disent que Cyrus
est mort, et qu'Ariée, en fuite, est avec les autres barbares, au
campement d'où ils étaient partis la veille, qu'il leur promet de
les y attendre tout le jour, s'ils veulent s'y rendre, mais que le
lendemain il retournera, dit-il, en Ionie d'où il est venu. En apprenant cette nouvelle, les généraux et le reste des Grecs sont
vivement affligés. Cléarque dit : « Plût au ciel que Cyrus vécût

ὅ τι χρὴ ποιεῖν,   ce qu'il faut faire,
οὔτε φάνοιτο αὐτός.   ni ne parût lui-même.
Ἔδοξεν οὖν αὐτοῖς   Donc il parut-bon à eux
συσκευασαμένοις   ayant mis-en-paquet
ἃ εἶχον   les choses qu'ils avaient
καὶ ἐξοπλισαμένοις   et s'étant armés
προϊέναι εἰς τὸ πρόσθεν,   de s'avancer dans le *côté* d'-avant,
ἕως συμμίξειαν   jusqu'à ce qu'ils eussent rejoint
Κύρῳ.   Cyrus.
Ἤδη δὲ ὄντων ἐν ὁρμῇ   Et déjà *eux* étant en mouvement
ἅμα ἡλίῳ ἀνίσχοντι   avec le soleil levant
Προκλῆς,   Proclès,
ὁ ἄρχων Τευθρανίας   le commandant de la Teuthranie,
γεγονὼς ἀπὸ Δημαράτου   né (descendant) de Démarate
τοῦ Λάκωνος,   le Laconien,
ἦλθε,   vint,
καὶ Γλοῦς ὁ Ταμώ.   et Glos, le *fils* de Tamus.
Οὗτοι ἔλεγον   Ceux-ci disaient
ὅτι Κῦρος μὲν   que Cyrus d'une-part
τέθνηκεν,   est (était) mort,
Ἀριαῖος δὲ πεφευγὼς   *qu'*Ariée d'autre-part ayant fui
εἴη μετὰ τῶν ἄλλων βαρβάρων   était avec les autres barbares
ἐν τῷ σταθμῷ,   dans l'étape,
ὅθεν τῇ προτεραίᾳ   d'où le *jour* précédent
ὥρμηντο,   ils s'étaient élancés,
καὶ λέγοι   et *qu'*il disait
ὅτι περιμείνειεν ἂν αὐτοὺς   qu'il attendrait eux
ταύτην μὲν τὴν ἡμέραν,   ce jour-ci d'une-part,
εἰ μέλλοιεν ἥκειν,   s'ils devaient venir,
φαίη δὲ   mais déclarait   [main)
ἀπιέναι τῇ ἄλλῃ   devoir partir l'autre *jour* (lé lende-
ἐπὶ Ἰωνίας,   vers l'Ionie,
ὅθενπερ ἦλθε.   d'où il était venu.
Οἱ στρατηγοὶ ἀκούσαντες   [νοι   Les stratéges ayant entendu
καὶ οἱ ἄλλοι Ἕλληνες πυνθανόμε-   et les autres Grecs apprenant
ταῦτα   ces choses
ἔφερον βαρέως.   *les* supportaient avec-peine.
Κλέαρχος δὲ εἶπεν τάδε·   Et Cléarque dit ces choses :
Ἀλλὰ Κῦρος   Mais Cyrus
ὤφελε μὲν ζῆν,   devait (devrait) d'une-part vivre,

ἐπεὶ δὲ τετελεύτηκεν, ἀπαγγέλλετε Ἀριαίῳ, ὅτι ἡμεῖς νικῶμέν τε βασιλέα καί, ὡς ὁρᾶτε, οὐδεὶς ἔτι ἡμῖν μάχεται, καὶ εἰ μὴ ὑμεῖς ἤλθετε, ἐπορευόμεθα ἂν ἐπὶ βασιλέα· ἐπαγγελλόμεθα δὲ Ἀριαίῳ, ἐὰν ἐνθάδε ἔλθῃ, εἰς τὸν θρόνον τὸν βασίλειον καθιεῖν αὐτόν· τῶν γὰρ μάχην νικώντων καὶ τὸ ἄρχειν ἐστί. Ταῦτ' εἰπὼν ἀποστέλλει τοὺς ἀγγέλους καὶ σὺν αὐτοῖς Χειρίσοφον[1] τὸν Λάκωνα καὶ Μένωνα[2] τὸν Θετταλόν· καὶ γὰρ αὐτὸς Μένων ἐβούλετο· ἦν γὰρ φίλος καὶ ξένος Ἀριαίου. Οἱ μὲν ᾤχοντο, Κλέαρχος δὲ περιέμενε.

Τὸ δὲ στράτευμα ἐπορίζετο σῖτον ὅπως ἐδύνατο ἐκ τῶν ὑποζυγίων, κόπτοντες τοὺς βοῦς καὶ ὄνους· ξύλοις δ' ἐχρῶντο, μικρὸν προϊόντες ἀπὸ τῆς φάλαγγος οὗ ἡ μάχη ἐγένετο, τοῖς τε

encore! mais puisqu'il n'est plus, annoncez à Ariée que nous avons vaincu le roi, que personne, comme vous voyez, ne nous résiste, et que, si vous ne fussiez survenus, nous marchions contre le roi. Nous promettons à Ariée que, s'il vient ici, nous le ferons monter sur le trône royal, puisque c'est aux vainqueurs à disposer de l'empire. » Cela dit, il congédie les envoyés, et les fait accompagner de Chirisophe de Lacédémone, et de Ménon de Thessalie. Ménon lui-même l'avait demandé, étant l'ami et l'hôte d'Ariée. Les envoyés partent, et Cléarque les attend.

L'armée se procure des vivres comme elle peut : on prend aux équipages des bœufs et des ânes qu'on égorge; quant au bois, voici comment on en a : en s'avançant à peu de distance de la phalange, à l'endroit où s'était livrée la bataille, on trouve quan-

ἐπεὶ δὲ τετελεύτηκεν,	mais puisqu'il a fini *sa vie*
ἀπαγγέλλετε Ἀριαίῳ	annoncez à Ariée,
ὅτι ἡμεῖς	que nous
νικῶμέν τε βασιλέα	et nous vainquons le roi,
καί, ὡς ὁρᾶτε,	et, comme vous voyez,
οὐδεὶς μάχεται ἔτι	personne ne combat encore (plus)
ἡμῖν,	nous,
καὶ εἰ ὑμεῖς	et si vous
μὴ ἤλθετε	vous n'étiez arrivés,
ἐπορευόμεθα ἂν	nous marcherions
ἐπὶ βασιλέα·	vers (contre) le roi;
ἐπαγγελλόμεθα δὲ Ἀριαίῳ,	or nous promettons à Ariée,
ἐὰν ἔλθῃ ἐνθάδε,	s'il est venu ici, [asseoir) lui
καθιεῖν αὐτὸν	devoir faire-asseoir (que nous ferons
εἰς τὸν θρόνον	sur le trône
τὸν βασίλειον·	le royal;
τὸ γὰρ καὶ ἄρχειν ἐστὶ	car et le commander est
τῶν νικώντων μάχην.	de ceux qui vainquent le combat.
Εἰπὼν ταῦτα	Ayant dit ces choses
ἀποστέλλει τοὺς ἀγγέλους	il envoie les députés
καὶ σὺν αὐτοῖς	et avec eux
Χειρίσοφον τὸν Λάκωνα·	Chirisophe le Laconien
καὶ Μένωνα τὸν Θετταλόν·	et Ménon le Thessalien;
καὶ γὰρ Μένων	car Ménon
ἐβούλετο αὐτός·	*le* voulait lui-même;
ἦν γὰρ φίλος	car il était ami
καὶ ξένος Ἀριαίου.	et hôte d'Ariée.
Οἱ μὲν ᾤχοντο,	Ceux-ci d'une-part partaient,
Κλέαρχος δὲ περιέμενε.	Cléarque d'autre-part attendait.
Τὸ δὲ στράτευμα	D'autre-part l'armée
ἐπορίζετο σῖτον	se-procurait de la nourriture
ὅπως ἐδύνατο	comme elle pouvait
ἐκ τῶν ὑποζυγίων,	dès (avec les) bêtes-de-somme,
κόπτοντες	frappant
τοὺς βοῦς καὶ τοὺς ὄνους·	les bœufs et les ânes;
προϊόντες δὲ μικρὸν	et s'avançant un peu
ἀπὸ τῆς φάλαγγος,	de la phalange,
οὗ ἡ μάχη	à-l'-endroit-où le combat
ἐγένετο,	avait eu-lieu,
ἐχρῶντο ξύλοις	ils se servaient *comme* bois

οἰστοῖς πολλοῖς οὖσιν, οὓς ἠνάγκαζον οἱ Ἕλληνες ἐκβάλλειν τοὺς αὐτομολοῦντας παρὰ βασιλέως, καὶ τοῖς γέῤῥοις καὶ ταῖς ἀσπίσι καὶ ταῖς ξυλίναις ταῖς Αἰγυπτίαις· πολλαὶ δὲ καὶ πέλται καὶ ἅμαξαι ἦσαν φέρεσθαι ἔρημοι· οἷς πᾶσι χρώμενοι κρέα ἕψοντες ἤσθιον ἐκείνην τὴν ἡμέραν.

Καὶ ἤδη τε ἦν περὶ πλήθουσαν ἀγορὰν[1] καὶ ἔρχονται παρὰ βασιλέως καὶ Τισσαφέρνους[2] κήρυκες οἱ μὲν ἄλλοι βάρβαροι· ἦν δ᾽ αὐτῶν Φαλῖνος[3] εἷς Ἕλλην, ὃς ἐτύγχανε παρὰ Τισσαφέρνει ὢν καὶ ἐντίμως ἔχων· καὶ γὰρ προσεποιεῖτο ἐπιστήμων εἶναι τῶν ἀμφὶ τάξεις τε καὶ ὁπλομαχίαν. Οὗτοι δὲ προσελθόντες καὶ καλέσαντες τοὺς τῶν Ἑλλήνων ἄρχοντας λέγουσιν, ὅτι βασιλεὺς κελεύει τοὺς Ἕλληνας, ἐπεὶ νικῶν τυγχάνει καὶ Κῦρον ἀπέκτονε, παραδόντας τὰ ὅπλα, ἰόντας ἐπὶ τὰς βασιλέως

tité de traits que les Grecs avaient fait jeter aux transfuges du roi, puis des gerres et des boucliers d'osier égyptiens, un grand nombre de peltes et de chars vides; le tout sert à faire bouillir les viandes, et l'on vit ainsi ce jour-là.

A l'heure où l'agora est pleine, il arrive de la part du roi et de Tissapherne des hérauts et d'autres barbares. Parmi eux cependant se trouve un Grec, Phalinus, qui servait auprès de Tissapherne, dont il était considéré, parce qu'il se donnait pour savant dans la tactique et le maniement des armes. Les hérauts s'approchent, appellent les chefs des Grecs, et disent que le roi, se regardant comme vainqueur, puisqu'il a tué Cyrus, somme les Grecs de rendre les armes et de venir aux portes du roi solliciter un bon trai-

τοῖς τε οἰστοῖς	et des traits
οὖσι πολλοῖς,	étant nombreux,
οὓς οἱ Ἕλληνες ἠνάγκαζον	que les Grecs contraignaient
τοὺς αὐτομολοῦντας παρὰ βασι-	les transfuges du roi
ἐκβάλλειν, [λέως	jeter,
καὶ τοῖς γέρροις	et des gerres,
καὶ ταῖς ἀσπίσι ταῖς ξυλίναις	et des boucliers les (ceux) de-bois
ταῖς Αἰγυπτίαις·	les égyptiens;
πολλαὶ δὲ καὶ πέλται	d'autre-part beaucoup et de peltes
καὶ ἅμαξαι ἔρημοι	et de chars vides
ἦσαν φέρεσθαι·	étaient à être emportés (à emporter);
οἷς πᾶσι χρώμενοι	desquelles choses toutes se servant
ἕψοντες κρέα	faisant-bouillir des viandes
ἤσθιον	ils mangeaient
ἐκείνην τὴν ἡμέραν.	ce jour-là.
Καὶ ἤδη τε ἦν	Et déjà on était
περὶ ἀγορὰν πλήθουσαν,	vers l'heure de l'agora remplie,
καὶ κήρυκες	et des hérauts
ἔρχονται παρὰ βασιλέως	arrivent de-la-part du roi
καὶ Τισσαφέρνους,	et de Tissapherne,
οἱ μὲν ἄλλοι βάρβαροι·	les uns d'une-part barbares;
εἷς δὲ αὐτῶν Φαλῖνος	d'autre-part un d'eux Phalinus
ἦν Ἕλλην,	était Grec,
ὃς ἐτύγχανε	qui se trouvait
ὢν παρὰ Τισσαφέρνει	étant auprès de Tissapherne,
καὶ ἔχων ἐντίμως·	et étant en-honneur;
καὶ γὰρ προσεποιεῖτο	car il feignait
εἶναι ἐπιστήμων	être connaisseur
τῶν ἀμφί τε τάξεις	des choses et sur les rangs
καὶ ὁπλομαχίαν.	et sur le combat-avec-les-armes.
Οὗτοι δὲ προσελθόντες	Or ceux-ci s'étant approchés
καὶ καλέσαντες	et ayant appelé
τοὺς ἄρχοντας τῶν Ἑλλήνων	les chefs des Grecs,
λέγουσιν ὅτι βασιλεὺς	disent que le roi
κελεύει τοὺς Ἕλληνας,	ordonne les Grecs,
ἐπεὶ τυγχάνει νικῶν	puisqu'il se trouve vainquant
καὶ ἀπέκτονε Κῦρον,	et qu'il a tué Cyrus,
παραδόντας τὰ ὅπλα	ayant livré les (leurs) armes,
ἰόντας ἐπὶ τὰς θύρας	allant vers les portes
βασιλέως,	du roi.

θύρας[1] εὑρίσκεσθαι ἄν τι δύνωνται ἀγαθόν. Ταῦτα μὲν εἶπον
οἱ βασιλέως κήρυκες· οἱ δὲ Ἕλληνες βαρέως μὲν ἤκουσαν, ὅμως
δὲ Κλέαρχος τοσοῦτον εἶπεν, ὅτι οὐ τῶν νικώντων εἴη τὰ ὅπλα
παραδιδόναι· Ἀλλ', ἔφη, ὑμεῖς μέν, ὦ ἄνδρες στρατηγοί, τούτοις ἀποκρίνασθε ὅ τι κάλλιστόν τε καὶ ἄριστον ἔχετε· ἐγὼ δὲ
αὐτίκα ἥξω. Ἐκάλεσε γάρ τις αὐτὸν τῶν ὑπηρετῶν, ὅπως ἴδοι
τὰ ἱερὰ ἐξῃρημένα· ἔτυχε γὰρ θυόμενος. Ἔνθα δὴ ἀπεκρίνατο
Κλεάνωρ[2] μὲν ὁ Ἀρκάς, πρεσβύτατος ὤν, ὅτι πρόσθεν ἂν ἀποθά-
νοιεν ἢ τὰ ὅπλα παραδοίησαν. Πρόξενος[3] δὲ ὁ Θηβαῖος· Ἀλλ'
ἐγώ, ἔφη, ὦ Φαλῖνε, θαυμάζω πότερα ὡς κρατῶν βασιλεὺς αἰ-
τεῖ τὰ ὅπλα ἢ ὡς διὰ φιλίαν δῶρα· εἰ μὲν γὰρ ὡς κρατῶν, τί

tement. Voilà ce que disent les hérauts du roi. Les Grecs sont in-
dignés de ces paroles. Cependant Cléarque se contente de dire que
ce n'est point aux vainqueurs à rendre les armes : « Mais vous,
ajoute-t-il, vous, généraux, faites-leur la réponse la meilleure et
la plus honorable; moi, je reviens à l'instant. » Et de fait, un de
ses serviteurs l'appelait pour voir les entrailles de la victime, car
il sacrifiait au moment même. Alors l'arcadien Cléanor, le plus
vieux des généraux, dit qu'ils mourraient avant de rendre leurs
armes. Puis Proxène de Thèbes prenant la parole : « Quant à moi,
dit-il, Phalinus, je me demande avec étonnement si c'est comme
vainqueur que le roi exige nos armes, ou comme ami, à titre de

εὑρίσκεσθαι	trouver-pour-soi (tâcher d'obtenir)
ἂν δύνωνταί τι ἀγαθόν.	s'ils peuvent *obtenir* quelque chose [de bon.
Οἱ κήρυκες βασιλέως	Les hérauts du roi
εἶπον μὲν ταῦτα·	dirent d'une-part ces choses;
οἱ δὲ Ἕλληνες	d'autre-part les Grecs
ἤκουσαν μὲν βαρέως,	*les* entendirent avec-peine
ὅμως δὲ Κλέαρχος	et cependant Cléarque
εἶπεν τοσοῦτον	dit autant (se contenta de dire)
ὅτι οὐκ εἴη	qu'il n'était pas
τῶν νικώντων	de ceux qui vainquent
παραδιδόναι τὰ ὅπλα·	de livrer les (leurs) armes:
Ἀλλὰ ὑμεῖς μέν, ἔφη,	Mais vous d'une part, dit-il,
ὦ ἄνδρες στρατηγοί,	ô hommes stratéges,
ἀποκρίνασθε τούτοις	ayez répondu à ceux-ci
ὅ τι ἔχετε	ce que vous avez à *répondre*
κάλλιστόν τε καὶ ἄριστον·	et de plus beau et de meilleur;
ἐγὼ δὲ	moi d'autre-part [champ.
ἥξω αὐτίκα.	je viendrai (reviendrai) sur·le-
Τις γὰρ τῶν ὑπηρετῶν	Car quelqu'un des (de ses) serviteurs
ἐκάλεσεν αὐτὸν	appela lui
ὅπως ἴδοι	afin qu'il eût vu [*la victime;*
τὰ ἱερὰ ἐξῃρημένα·	les entrailles arrachées *du cœur de*
ἔτυχε γὰρ θυόμενος.	car il se trouva sacrifiant.
Ἔνθα δὴ	Là (alors) certes
Κλεάνωρ μὲν ὁ Ἄρκας,	d'une-part Cléanor l'Arcadien,
ὢν πρεσβύτατος,	étant le plus vieux,
ἀπεκρίνατο	répondit
ὅτι ἀποθάνοιεν ἂν	qu'ils seraient morts
πρόσθεν ἢ	avant que
παραδοίησαν τὰ ὅπλα.	ils n'eussent livré les (leurs) armes.
Πρόξενος δὲ ὁ Θηβαῖος	D'autre-part Proxène le Béotien
ἔφη·	dit :
Ἀλλὰ ἐγώ, ὦ Φαλῖνε,	Mais moi, ô Phalinus,
θαυμάζω πότερα	je m'étonne si
βασιλεὺς αἰτεῖ τὰ ὅπλα	le roi demande les (nos) armes
ὡς κρατῶν,	comme étant vainqueur,
ἢ ὡς δῶρα	ou comme *des* présents
διὰ φιλίαν·	à-cause-de l'amitié;
εἰ μὲν γὰρ	car si d'une-part
ὡς κρατῶν,	*c'est* comme étant vainqueur,

δεῖ αὐτὸν αἰτεῖν καὶ οὐ λαβεῖν ἐλθόντα; Εἰ δὲ πείσας βούλεται λαβεῖν, λεγέτω τί ἔσται τοῖς στρατιώταις, ἐὰν αὐτῷ ταῦτα χαρίσωνται. Πρὸς ταῦτα Φαλῖνος εἶπε· Βασιλεὺς νικᾶν ἡγεῖται, ἐπεὶ Κῦρον ἀπέκτονε. Τίς γὰρ αὐτῷ ἔστιν ὅστις τῆς ἀρχῆς ἀντιποιεῖται; Νομίζει δὲ καὶ ὑμᾶς ἑαυτοῦ εἶναι, ἔχων ἐν μέσῃ τῇ ἑαυτοῦ χώρᾳ καὶ ποταμῶν ἐντὸς ἀδιαβάτων, καὶ πλῆθος ἀνθρώπων ἐφ' ὑμᾶς δυνάμενος ἀγαγεῖν ὅσον οὐδ', εἰ παρέχοι ὑμῖν, δύναισθε ἂν ἀποκτεῖναι. Μετὰ τοῦτον Θεόπομπος Ἀθηναῖος εἶπεν· Ὦ Φαλῖνε, νῦν, ὡς σὺ ὁρᾷς, ἡμῖν οὐδὲν ἔστιν ἀγαθὸν ἄλλο εἰ μὴ ὅπλα καὶ ἀρετή· ὅπλα μὲν οὖν ἔχοντες οἰόμεθα ἂν καὶ τῇ ἀρετῇ χρῆσθαι, παραδόντες δ' ἂν ταῦτα καὶ τῶν σωμάτων

présent. Si c'est comme vainqueur, pourquoi les demande-t-il? il n'a qu'à venir les prendre. S'il veut les avoir par la persuasion, qu'il dise ce qu'il fera pour les soldats en retour de cette gracieuseté. » A cela Phalinus répond : « Le roi se croit vainqueur, puisqu'il a tué Cyrus. Car qui désormais lui disputerait l'empire? Il vous regarde comme sous sa dépendance, vu qu'il vous tient au milieu de ses États, entre des fleuves qu'il est impossible de traverser, et qu'il peut vous écraser sous une telle multitude d'hommes que vous ne pourriez pas les tuer, même s'il vous les abandonnait. » Théopompe d'Athènes lui dit : « Phalinus, tu le vois, nous n'avons plus d'autre ressource que nos armes et notre courage; et tant que nous aurons nos armes, nous pensons bien que notre

τί δεῖ	*en* quoi est-il besoin
αὐτὸν αἰτεῖν	lui demander
καὶ οὐ λαβεῖν ἐλθόντα;	et n'avoir pas pris étant venu?
Εἰ δὲ βούλεται	D'autre-part s'il veut
λαβεῖν πείσας,	avoir pris ayant persuadé,
λεγέτω	qu'il dise
τί ἔσται τοῖς στρατιώταις	quelle chose sera aux soldats,
ἐὰν χαρίσωνται	s'ils donnent-par-faveur
ταῦτα αὐτῷ.	celles-ci à lui.
Φαλῖνος εἶπε	Phalinus dit
πρὸς ταῦτα·	à ces choses :
Βασιλεὺς ἡγεῖται νικᾶν,	Le roi pense vaincre,
ἐπεὶ ἀπέκτονε Κῦρον·	après qu'il a tué Cyrus;
τίς γὰρ ἔστιν	car qui est
ὅστις ἀντιποιεῖται	qui dispute
αὐτῷ τῆς ἀρχῆς;	à lui le pouvoir?
Νομίζει δὲ καὶ	D'autre-part il croit aussi
ὑμᾶς εἶναι ἑαυτοῦ	vous être de lui-même (appartenir
ἔχων ἐν μέσῃ	*vous* ayant au milieu [lui-même
τῇ χώρᾳ ἑαυτοῦ	du pays de lui-même
καὶ ἐντὸς ποταμῶν	et en deçà de fleuves
ἀδιαβάτων,	ne-pouvant-être-traversés,
καὶ δυνάμενος	et *lui* pouvant
ἀγαγεῖν ἐφ' ὑμᾶς	avoir conduit contre vous
πλῆθος ἀνθρώπων	une multitude d'hommes
ὅσον οὐδέ,	si-grande que pas-même
εἰ παρέχοι,	s'il *la* livrait,
δύναισθε ἂν ἀποκτεῖναι.	vous ne pourriez l'avoir tuée
Θεόπομπος Ἀθηναῖος	Théopompe Athénien
εἶπε μετὰ τοῦτον·	dit après celui-ci :
Ὦ Φαλῖνε,	O Phalinus,
οὐδὲν ἄλλο ἀγαθὸν	aucun autre bien
ἔστιν ἡμῖν νῦν,	n'est maintenant à nous,
ὡς σὺ ὁρᾷς,	comme tu *le* vois,
εἰ μὴ ὅπλα καὶ ἀρετή·	sinon *nos* armes et *notre* courage;
ἔχοντες μὲν οὖν	ayant d'une-part donc
ὅπλα	*nos* armes,
οἰόμεθα χρῆσθαι ἂν	nous croyons pouvoir nous servir
καὶ τῇ ἀρετῇ,	aussi du (de notre) courage,
παραδόντες δὲ ταῦτα	mais ayant livré celles-ci

στερηθῆναι. Μὴ οὖν οἴου τὰ μόνα ἀγαθὰ ἡμῖν ὄντα ὑμῖν παρα-
δώσειν, ἀλλὰ σὺν τούτοις καὶ περὶ τῶν ὑμετέρων ἀγαθῶν μα-
χούμεθα. Ἀκούσας δὲ ταῦτα ὁ Φαλῖνος ἐγέλασε καὶ εἶπεν·
Ἀλλὰ φιλοσόφῳ μὲν ἔοικας, ὦ νεανίσκε, καὶ λέγεις οὐκ ἀχάρι-
στα· ἴσθι μέντοι ἀνόητος ὤν, εἰ οἴει τὴν ὑμετέραν ἀρετὴν περι-
γενέσθαι ἂν τῆς βασιλέως δυνάμεως. Ἄλλους δέ τινας ἔφασαν
λέγειν ὑπομαλακιζομένους, ὡς καὶ Κύρῳ πιστοὶ ἐγένοντο καὶ
βασιλεῖ ἂν πολλοῦ ἄξιοι γένοιντο, εἰ βούλοιτο φίλος γενέσθαι·
καὶ εἴτε ἄλλο τι θέλοι χρῆσθαι, εἴτ' ἐπ' Αἴγυπτον στρατεύειν,
συγκαταστρέψαιντ' ἂν αὐτῷ.

Ἐν τούτῳ Κλέαρχος ἧκε, καὶ ἠρώτησεν εἰ ἤδη ἀποκεκρι-
μένοι εἶεν. Φαλῖνος δὲ ὑπολαβὼν εἶπεν· Οὗτοι μέν, ὦ Κλέαρχε,

courage ne nous fera point défaut; mais les livrer, ce serait livrer
notre personne. Ne crois donc pas que nous abandonnions le seul
bien qui nous reste; il doit nous servir à combattre même pour vos
intérêts. » En entendant ces mots, Phalinus se prit à rire et dit :
« Ah! jeune homme, tu m'as l'air d'un philosophe, et tu dis là des
choses qui ne manquent pas d'agrément; sache pourtant que tu es
fou, si tu t'imagines que votre courage puisse l'emporter sur les
forces du roi. » D'autres, qui mollissaient, firent observer, dit-on,
qu'après avoir été fidèles à Cyrus, ils pourraient aussi devenir très-
utiles au roi, s'il voulait être leur ami, et que, s'il les employait
soit à n'importe quelle entreprise, soit dans une campagne contre
les Égyptiens, ils fondraient sur eux avec lui.

Cependant Cléarque revient et demande si l'on a fait une réponse.
Phalinus reprend et lui dit : « L'un dit une chose, l'autre une

στερηθῆναι ἄν | pouvoir être privés
καὶ τῶν σωμάτων. | aussi des (de nos) corps.
Μὴ οἴου οὖν | Ne crois donc pas   [vous
παραδώσειν ὑμῖν | devoir livrer (que nous livrerons) à
τὰ μόνα ἀγαθὰ | les seuls biens
ὄντα ἡμῖν, | étant à nous,
ἀλλὰ μαχούμεθα | mais nous combattrons
σὺν τούτοις | avec celles-ci (ces armes)
καὶ περὶ τῶν ὑμετέρων ἀγαθῶν. | même pour vos biens.
Ὁ δὲ Φαλῖνος | Or Phalinus
ἀκούσας ταῦτα | ayant entendu ces choses
ἐγέλασε καὶ εἶπε· | rit et dit :
Ἀλλὰ μέν, ὦ νεανίσκε, | Mais à-la-vérité, ô jeune homme,
ἔοικας φιλοσόφῳ, | tu ressembles à un philosophe,
καὶ λέγεις | et tu dis
οὐκ ἀχάριστα· | des choses non-sans-grâce,
ἴσθι μέντοι | sache cependant
ὢν ἀνόητος, | étant (que tu es) insensé,
εἰ οἴει | si tu crois
τὴν ἀρετὴν ὑμετέραν | le courage vôtre
περιγενέσθαι ἄν | pouvoir être-au-dessus
τῆς δυνάμεως βασιλέως. | de la puissance du roi.
Ἔφασαν δέ τινας ἄλλους | On dit d'autre-part quelques autres
ὑπομαλακιζομένους λέγειν, | mollissant-un-peu dire,
ὡς καὶ ἐγένοντο | que et ils avaient été
πιστοὶ Κύρῳ, | fidèles à Cyrus,
καὶ γένοιντο ἄν βασιλεῖ | et qu'ils seraient (au pour) le roi
ἄξιοι πολλοῦ, | dignes d'un grand *prix* (précieux),
εἰ βούλοιτο γενέσθαι φίλος· | s'il voulait être devenu ami ;
καὶ εἴτε θέλοι | et soit qu'il voulût   [chose,
χρῆσθαί τι ἄλλο, | se servir *d'eux en* quelque autre
εἴτε στρατεύειν | soit entreprendre-une-expédition
ἐπὶ Αἴγυπτον, | contre l'Égypte,   [gypte).
συγκαταστρέψαιντο ἄν αὐτῷ. | ils soumettraient-avec lui (l'É-
Ἐν τούτῳ | Sur cela
Κλέαρχος ἧκε | Cléarque vint
καὶ ἠρώτησεν | et demanda
εἰ εἶεν ἀποκεκριμένοι ἤδη. | s'ils étaient ayant répondu déjà.
Φαλῖνος δὲ | Et Phalinus
ὑπολαβὼν εἶπεν· | ayant repris dit : ...

ἄλλος ἄλλα λέγει, σὺ δ' ἡμῖν εἰπὲ τί λέγεις. Ὁ δ' εἶπεν· Ἐγώ σε, ὦ Φαλῖνε, ἄσμενος ἑώρακα, οἶμαι δὲ καὶ οἱ ἄλλοι πάντες· σύ τε γὰρ Ἕλλην εἶ καὶ ἡμεῖς, τοσοῦτοι ὄντες ὅσους σὺ ὁρᾷς· ἐν τοιούτοις δὲ ὄντες πράγμασι συμβουλευόμεθά σοι τί χρὴ ποιεῖν περὶ ὧν λέγεις. Σὺ οὖν, πρὸς θεῶν, συμβούλευσον ἡμῖν ὅ τι σοι δοκεῖ κάλλιστον καὶ ἄριστον εἶναι, καὶ ὅ σοι τιμὴν οἴσει εἰς τὸν ἔπειτα χρόνον ἀναλεγόμενον, ὅτι Φαλῖνός ποτε πεμφθεὶς παρὰ βασιλέως κελεύσων τοὺς Ἕλληνας τὰ ὅπλα παραδοῦναι συμβουλευομένοις συνεβούλευσεν αὐτοῖς τάδε. Οἶσθα δὲ ὅτι ἀνάγκη λέγεσθαι ἐν τῇ Ἑλλάδι ἃ ἂν συμβουλεύσῃς.

Ὁ δὲ Κλέαρχος ταῦτα ὑπήγετο, βουλόμενος καὶ αὐτὸν τὸν

autre; mais toi, Cléarque, dis nous ce que tu penses. » Alors Cléarque : « Moi, Phalinus, dit-il, c'est avec plaisir que je t'ai vu, et il en est de même, je pense, de tous ceux qui sont ici. Tu es Grec, comme nous tous que tu vois autour de toi. Dans la position où nous sommes, nous te demandons ton avis sur ce que nous devons faire relativement à tes propositions. Toi donc, au nom des dieux, conseille nous ce qui te paraît le meilleur et le plus honorable, ce qui doit t'honorer aux yeux de la postérité, quand on dira : « Jadis Phalinus, envoyé par le roi pour sommer les Grecs de rendre « les armes, a été consulté par eux et a donné ce conseil; » car tu sais bien que de toute nécessité on parlera en Grèce du conseil, quel qu'il soit, que tu auras donné. »

Par ces insinuations, Cléarque voulait amener l'envoyé même

Οὗτοι μέν, ὦ Κλέαρχε,	Ceux-ci d'une-part, ô Cléarque,
λέγει ἄλλος ἄλλα·	dit (disent) un autre d'autres choses (les uns une chose les autres une [autre) ;
Σὺ δὲ εἶπε ἡμῖν	mais toi dis à nous
τί λέγεις.	quelle chose tu dis (tu veux-dire).
Ὁ δὲ εἶπεν·	Et lui dit :
Ἐγώ, ὦ Φαλῖνε,	Moi, ô Phalinus,
ἑώρακα σε ἄσμενος,	j'ai vu toi content (avec-plaisir)
οἶμαι δὲ	et je pense
καὶ πάντες οἱ ἄλλοι·	aussi tous les autres ;
σύ τε γὰρ εἶ Ἕλλην	car et toi tu es Grec
καὶ ἡμεῖς,	et nous *aussi*,
ὄντες τοσοῦτοι	étant aussi-nombreux
ὅσους σὺ ὁρᾷς·	que tu vois (nous tous que tu vois) ;
ὄντες δὲ	Or étant
ἐν τοιούτοις πράγμασι	dans de telles affaires
συμβουλευόμεθά σοι	nous consultons toi
τί χρὴ ποιεῖν	quelle chose il faut faire
περὶ ὧν λέγεις·	sur les choses que tu dis.
Σὺ οὖν, πρὸς θεῶν,	Toi donc, au-nom des dieux,
συμβούλευσον ἡμῖν	aie conseillé à nous
ὅ τι δοκεῖ σοι εἶναι	ce qui paraît à toi être
κάλλιστον καὶ ἄριστον,	le plus beau et le meilleur,
καὶ ὃ οἴσει σοι τιμὴν	et ce qui apportera à toi de l'honneur
εἰς τὸν χρόνον ἔπειτα	pour le temps ensuite
ἀναλεγόμενον	étant dit (quand on dira)
ὅτι Φαλῖνός ποτε	que Phalinus jadis
πεμφθεὶς παρὰ βασιλέως	ayant été envoyé de-la-part du roi
κελεύσων τοὺς Ἕλληνας	devant ordonner les Grecs
παραδοῦναι τὰ ὅπλα	avoir livré les (leurs) armes
συνεβούλευσεν τάδε	a conseillé ces choses-ci
αὐτοῖς συμβουλευομένοις.	à eux *le* consultant.
Οἶσθα δὲ	Or tu sais
ὅτι ἀνάγκη	que nécessité *est*
ἃ συμβουλεύσῃς ἂν	les choses que tu pourras conseiller
λέγεσθαι ἐν τῇ Ἑλλάδι.	être dites dans la Grèce.
Ὁ δὲ Κλέαρχος	Or Cléarque
ὑπήγετο ταῦτα,	insinuait ces choses,
βουλόμενος	voulant [sadeur
καὶ αὐτὸν τὸν πρεσβεύοντα	aussi *l'homme* même étant-ambas-

παρὰ βασιλέως πρεσβεύοντα συμβουλεῦσαι μὴ παραδοῦναι
ὅπλα, ὅπως εὐέλπιδες μᾶλλον εἶεν οἱ Ἕλληνες. Φαλῖνος δὲ ὑπο-
στρέψας παρὰ τὴν δόξαν αὐτοῦ εἶπεν ὧδε· Ἐγώ, εἰ μὲν τῶ
μυρίων ἐλπίδων μία τις ὑμῖν ἐστι σωθῆναι πολεμοῦντας βασιλεῖ, συμβουλεύω μὴ παραδοῦναι τὰ ὅπλα· εἰ δέ τοι μηδεμί-
σωτηρίας ἐστὶν ἐλπὶς ἄκοντος βασιλέως, συμβουλεύω σώζεσθε
ὑμῖν ὅπῃ δυνατόν. Κλέαρχος δὲ πρὸς ταῦτα εἶπεν· Ἀλλὰ ταῦτ
μὲν δὴ σὺ λέγεις· παρ' ἡμῶν δὲ ἀπάγγελλε τάδε ὅτι ἡμεῖς οἰ-
μεθα, εἰ μὲν δέοι βασιλεῖ φίλους εἶναι, πλείονος ἂν ἄξιοι εἴνα
φίλοι ἔχοντες τὰ ὅπλα ἢ παραδόντες ἄλλῳ· εἰ δὲ δέοι πολεμεῖ
ἄμεινον ἂν πολεμεῖν ἔχοντες τὰ ὅπλα ἢ ἄλλῳ παραδόντες. Ὁ
δὲ Φαλῖνος εἶπε· Ταῦτα μὲν δὴ ἀπαγγελοῦμεν· ἀλλὰ καὶ τάδ

du roi à conseiller de ne pas rendre les armes, afin de relever ains
l'espérance des Grecs; mais Phalinus l'éluda, et parla en ce
termes, contre l'attente de Cléarque : « Moi, dit-il, si, entre di
mille chances de salut, il en est une seule pour vous en combat
tant contre le roi, je vous conseille de ne pas rendre les armes
mais s'il n'y a pas d'espoir de salut en dépit du roi, je vous conseille de vous sauver comme vous pourréz. » Alors Cléarque
« Ainsi voilà ce que tu dis ; eh bien, va-t'en dire de notre part que
nous croyons, nous, que si nous devons être les amis du roi, nous
vaudrons plus ayant nos armes que les rendant à un autre, et que
s'il faut combattre, il vaut mieux combattre avec sés armes qu'a
près les avoir rendues. » Phalinus répond : « Nous le dirons ; mais

παρὰ βασιλέως	de-la-part du roi
συμβουλεῦσαι	avoir conseillé
μὴ παραδοῦναι τὰ ὅπλα,	de n'avoir pas livré les armes,
ὅπως οἱ Ἕλληνες εἶεν	afin que les Grecs fussent
μᾶλλον εὐέλπιδες.	plus ayant-bon-espoir.
Φαλῖνος δὲ ὑποστρέψας	Mais Phalinus ayant esquivé
παρὰ τὴν δόξαν αὐτοῦ	contre l'attente de lui
εἶπεν ὧδε ·	parla ainsi :
Ἐγὼ συμβουλεύω	Moi je conseille
μὴ παραδοῦναι τὰ ὅπλα,	de n'avoir pas livré les armes,
εἰ μέν τις μία	si d'une-part quelqu'une seule
τῶν μυρίων ἐλπίδων	des (entre) dix mille espérances
ἐστὶν ὑμῖν σωθῆναι	est à vous d'avoir été sauvés
πολεμοῦντας βασιλεῖ·	faisant-la-guerre au roi ;
εἰ δέ τοι	mais si certes
μηδεμία ἐλπὶς σωτηρίας	aucun espoir de salut [le roi)
ἐστὶν βασιλέως ἄκοντος,	n'est le roi ne-voulant-pas (malgré
συμβουλεύω ὑμῖν σώζεσθαι	je conseille à vous d'être sauvés
ὅπη δυνατόν.	par-où *il est* possible.
Κλέαρχος δὲ	Et Cléarque
εἶπεν πρὸς ταῦτα,	dit à ces choses :
Ἀλλὰ μὲν δὴ	Mais d'une-part certes
σὺ λέγεις ταῦτα·	toi tu dis ces choses;
ἀπάγγελλε δὲ τάδε	d'autre-part annonce ces choses-ci
παρὰ ἡμῶν,	de la-part de nous,
ὅτι ἡμεῖς οἰόμεθα,	que nous nous pensons,
εἰ μὲν δέοι	si d'un-côté il fallait
εἶναι φίλους βασιλεῖ	être amis au (du) roi,
εἶναι ἂν φίλοι	pouvoir être des amis
ἄξιοι πλείονος	dignes de plus *de prix* (plus précieux)
ἔχοντες τὰ ὅπλα	ayant les (nos) armes
ἢ παραδόντες ἄλλῳ·	que *les* ayant livrées à un autre;
εἰ δὲ δέοι	si d'un-autre côté il fallait
πολεμεῖν,	faire-la guerre
πολεμεῖν ἂν ἄμεινον	pouvoir faire-la-guerre mieux
ἔχοντες τὰ ὅπλα	ayant les (nos) armes
ἢ παραδόντες ἄλλῳ.	que *les* ayant livrées à un autre.
Ὁ δὲ Φαλῖνος εἶπε·	Et Phalinus dit :
Ἀπαγγελοῦμεν	Nous annoncerons
μὲν δὴ ταῦτα,	d'une-part certes ces choses,

ὑμῖν εἰπεῖν ἐκέλευσε βασιλεύς, ὅτι μένουσι μὲν αὐτοῦ σπον
εἴησαν, προϊοῦσι δὲ καὶ ἀπιοῦσι πόλεμος · εἴπατε οὖν καὶ π
τούτου πότερα μενεῖτε καὶ σπονδαί εἰσιν, ἢ ὡς πολέμου ὄντ
παρ' ὑμῶν ἀπαγγελῶ. Κλέαρχος δ' ἔλεξεν · Ἀπάγγελλε τοί
καὶ περὶ τούτου, ὅτι καὶ ἡμῖν ταὐτὰ δοκεῖ ἅπερ καὶ βασιλ
Τί οὖν ταῦτά ἐστιν; ἔφη ὁ Φαλῖνος. Ἀπεκρίνατο Κλέαρχο
Ἢν μὲν μένωμεν, σπονδαί, ἀπιοῦσι δὲ καὶ προϊοῦσι πόλεμο
Ὁ δὲ πάλιν ἠρώτησε · Σπονδὰς ἢ πόλεμον ἀπαγγελῶ; Κλέα
χος δὲ ταὐτὰ πάλιν ἀπεκρίνατο · Σπονδαὶ μὲν μένουσιν, ἀπιοῦ
δὲ ἢ προϊοῦσι πόλεμος. Ὅ τι δὲ ποιήσοι οὐ διεσήμηνε.

II. Φαλῖνος μὲν δὴ ᾤχετο καὶ οἱ σὺν αὐτῷ · οἱ δὲ πα

le roi m'a encore chargé de vous dire que, vous restant ici, il
aura trêve, et guerre si vous avancez ou reculez. Répondez sur
point : Restez-vous ici avec une trêve, ou bien voulez-vous
guerre? Je porterai votre réponse. — Réponds donc, dit Cléarqu
que nous acceptons les propositions du roi. — Qu'entends-tu p
là? dit Phalinus. — Si nous restons, dit Cléarque, il y a trêve,
guerre si nous avançons ou reculons. » Phalinus dit une second
fois : « Est-ce trêve ou guerre, que je dois annoncer? Et Cléa
que répondit une fois encore : « Trêve en restant ici, guerre e
avançant ou en reculant. » Quant à ce qu'il ferait, il n'en laissa rie
percer.

II. Phalinus repart avec ceux qui l'avaient accompagné. Procl

ἀλλὰ βασιλεὺς ἐκέλευσε | mais le roi a ordonné
εἰπεῖν ὑμῖν | d'avoir dit à vous
καὶ τάδε, | aussi ces choses-ci,
ὅτι σπονδαὶ εἴησαν | que trêves seraient
μένουσι μὲν αὐτοῦ, | à *vous* d'une-part restant là-même
πόλεμος δὲ | mais guerre
προϊοῦσι καὶ ἀπιοῦσι· | à *vous* avançant et partant;
εἴπατε οὖν | ayez donc dit
καὶ περὶ τούτου | aussi sur cela
πότερα μενεῖτε | si vous resterez
καὶ σπονδαί εἰσιν, | et *si* trêves sont,
ἢ ἀπαγγελῶ παρὰ ὑμῶν | ou *si* j'annoncerai de-la-part de vous,
ὡς πολέμου ὄντος. | comme *la* guerre étant.
Κλέαρχος δὲ ἔλεξεν· | Et Cléarque dit :
Ἀπάγγελλε τοίνυν | Annonce donc
καὶ περὶ τούτου, | aussi sur cela,   [bonnes
ὅτι τὰ αὐτὰ δοκεῖ | que les mêmes choses paraissent-
καὶ ἡμῖν | aussi à nous
ἅπερ | lesquelles *paraissent-bonnes*
καὶ βασιλεῖ. | aussi au roi.
Ὁ Φαλῖνος ἔφη· | Phalinus dit :
Τί οὖν ἐστι ταῦτα; | Quoi donc sont ces choses?
Κλέαρχος ἀπεκρίνατο· | Cléarque répondit :
Ἢν μὲν μένωμεν, | Si d'une-part nous restons,
σπονδαί, | trêves,
πόλεμος δὲ | d'autre–part guerre
ἀπιοῦσι καὶ προϊοῦσι. | à *nous* partant et avançant.
Ὁ δὲ ἠρώτησε πάλιν· | Et celui-ci demanda de nouveau
Ἀπαγγελῶ | Annoncerai-je
σπονδὰς ἢ πόλεμον ; | trêves ou guerre?
Κλέαρχος δὲ ἀπεκρίνατο | Et Cléarque répondit
πάλιν τὰ αὐτά· | de-nouveau les mêmes-choses :
Σπονδαὶ μὲν μένουσι, | Trêves d'une-part à *nous* restant,
πόλεμος δὲ | d'autre–part guerre,
ἀπιοῦσιν ἢ προϊοῦσι. | à *nous* partant ou avançant.
Οὐ δὲ διεσήμηνε | Mais il ne fit-pas-connaître
ὅ τι ποιήσοι | ce qu'il devait-faire.
    II. Φαλῖνος μὲν δὴ | II. Phalinus d'une-part certes
ᾤχετο | partait,
καὶ οἱ σὺν αὐτῷ. | et ceux *étant* avec lui.

Ἀριαίου ἧκον, Προκλῆς καὶ Χειρίσοφος· Μένων δὲ αὐτοῦ ἔμενε
παρὰ Ἀριαίῳ· οὗτοι δὲ ἔλεγον ὅτι πολλοὺς φαίη Ἀριαῖος εἶναι
Πέρσας ἑαυτοῦ βελτίους, οὓς οὐκ ἂν ἀνασχέσθαι αὐτοῦ βασι-
λεύοντος· ἀλλ', εἰ βούλεσθε συναπιέναι, ἥκειν ἤδη κελεύει τῆς
νυκτός· εἰ δὲ μή, αὐτὸς πρωῒ ἀπιέναι φησίν. Ὁ δὲ Κλέαρχος
εἶπεν· Ἀλλ' οὕτω χρὴ ποιεῖν· ἐὰν μὲν ἥκωμεν, ὥσπερ λέγετε·
εἰ δὲ μή, πράττετε ὁποῖον ἄν τι ὑμῖν οἴησθε μάλιστα συμφέ-
ρειν. Ὅ τι δὲ ποιήσοι οὐδὲ τούτοις εἶπε. Μετὰ δὲ ταῦτα ἤδη
ἡλίου δύνοντος συγκαλέσας τοὺς στρατηγοὺς καὶ λοχαγούς[1],
ἔλεξε τοιάδε· Ἐμοί, ὦ ἄνδρες, θυομένῳ ἰέναι ἐπὶ βασιλέα οὐκ
ἐγίγνετο τὰ ἱερά. Καὶ εἰκότως ἄρα οὐκ ἐγίγνετο· ὡς γὰρ ἐγὼ
νῦν πυνθάνομαι, ἐν μέσῳ ἡμῶν καὶ βασιλέως ὁ Τίγρης[2] ποτα-

---

et Chirisophe reviennent du camp d'Ariée. Ménon était resté. Ils
rapportent qu'Ariée a répondu qu'il y avait beaucoup de Perses plus
distingués que lui, et qu'ils ne le souffriraient jamais pour roi.
« Mais si vous voulez faire retraite avec lui, il vous prie de le
joindre cette nuit; sinon, il partira demain, dit-il, de grand matin. »
Cléarque répond : « Eh bien, faites comme vous dites, si nous vous
joignons; sinon, prenez le parti que vous croirez le plus avanta-
geux. » Quant à ce qu'il ferait lui-même, il ne le leur dit pas non
plus. Mais ensuite, au coucher du soleil, convoquant les stratéges
et les lochages, il leur dit : « Amis, j'ai sacrifié pour savoir si je
devais marcher contre le roi; les entrailles n'ont pas été favorables.
Cela devait être : car d'après mes renseignements, le Tigre, qui

Οἱ δὲ παρὰ Ἀριαίου,	D'autre-part ceux d'auprès Ariée,
Προκλῆς καὶ Χειρίσοφος,	Proclès et Chirisophe,
ἧκον,	vinrent,
Μένων δὲ ἔμενε	mais Ménon restait
αὐτοῦ παρὰ Ἀριαίῳ·	là-même auprès d'Ariée;
οὗτοι δὲ ἔλεγον	or ceux-ci disaient
ὅτι Ἀριαῖος φαίη	qu'Ariée déclarait
πολλοὺς Πέρσας εἶναι	beaucoup de Perses être
βελτίους ἑαυτοῦ,	meilleurs que lui-même
οὓς οὐκ ἀνασχέσθαι ἂν	lesquels ne pouvoir supporter
αὐτοῦ βασιλεύοντος·	lui régnant;
Ἀλλὰ εἰ βούλεσθε	Mais si vous voulez
συναπιέναι	partir-avec *lui*,
κελεύει ἥκειν·	il *vous* engage à venir
ἤδη τῆς νυκτός·	déjà la (cette) nuit;
εἰ δὲ μή, φησὶν	sinon, il déclare
ἀπιέναι αὐτὸς πρωΐ.	devoir partir lui-même le matin.
Ὁ δὲ Κλέαρχος εἶπεν·	Et Cléarque dit :
Ἀλλὰ χρὴ ποιεῖν οὕτω·	Mais il faut faire ainsi :
ἐὰν μὲν ἥκωμεν,	si d'une-part nous venons,
ὥσπερ λέγετε·	*faire* comme vous dites;
εἰ δὲ μή, πράττετε	sinon, faites
ὁποῖόν τι	la chose quelle-qu'elle-soit-que
οἴησθε ἂν	vous pourrez penser
συμφέρειν μάλιστά ὑμῖν.	être-avantageuse le plus à vous.
Οὐδὲ δὲ εἶπε τούτοις	Mais il ne dit pas non-plus à ceux-ci
ὅ τι ποιήσοι.	ce qu'il devait-faire.
Μετὰ δὲ ταῦτα	Et après ces choses
ἡλίου δύνοντος ἤδη	le soleil se couchant déjà
συγκαλέσας τοὺς στρατηγοὺς	ayant convoqué les stratéges
καὶ λοχαγούς,	et les lochages,
ἔλεξε τοιάδε·	il dit des choses telles :
ὦ ἄνδρες,	O hommes, [*bles*
τὰ ἱερὰ οὐκ ἐγίγνετο	les entrailles n'étaient pas *favora-*
ἐμοὶ θυομένῳ	à moi sacrifiant
ἰέναι ἐπὶ βασιλέα.	*pour* aller vers (contre) le roi.
Καὶ εἰκότως ἄρα	Et avec-raison certes
οὐκ ἐγίγνετο·	elles n'étaient pas *favorables*;
ὡς γὰρ ἐγὼ πυνθάνομαι νῦν,	car comme moi je *l'*apprends main-
ὁ ποταμὸς Τίγρης	le fleuve *du* Tigre [tenant

μός ἐστι ναυσίπορος, ὃν οὐκ ἂν δυναίμεθα ἄνευ πλοίων διαβῆ-
ναι· πλοῖα δὲ ἡμεῖς οὐκ ἔχομεν. Οὐ μὲν δὴ αὐτοῦ γε μένειν
οἷόν τε· τὰ γὰρ ἐπιτήδεια οὐκ ἔστιν ἔχειν· ἰέναι δὲ παρὰ τοὺς
Κύρου φίλους πάνυ καλὰ ἡμῖν τὰ ἱερὰ ἦν. Ὧδε οὖν χρὴ ποιεῖν·
ἀπιόντας δειπνεῖν ὅ τι τις ἔχει· ἐπειδὰν δὲ σημήνη τῷ κέρατι
ὡς ἀναπαύεσθαι, συσκευάζεσθε· ἐπειδὰν δὲ τὸ δεύτερον, ἀνα-
τίθεσθε ἐπὶ τὰ ὑποζύγια· ἐπὶ δὲ τῷ τρίτῳ ἕπεσθε τῷ ἡγουμένῳ,
τὰ μὲν ὑποζύγια ἔχοντες πρὸς τοῦ ποταμοῦ, τὰ δὲ ὅπλα ἔξω.
Ταῦτα ἀκούσαντες οἱ στρατηγοὶ καὶ λοχαγοὶ ἀπῆλθον, καὶ
ἐποίουν οὕτω. Καὶ τὸ λοιπὸν ὁ μὲν ἦρχεν, οἱ δὲ ἐπείθοντο, οὐχ
ἑλόμενοι, ἀλλὰ ὁρῶντες ὅτι μόνος ἐφρόνει οἷα ἔδει τὸν ἄρχοντα,

est entre nous et le roi, ne se passe qu'en bateaux, et nous ne pourrions le traverser sans embarcations; or nous n'en avons point.
Rester ici, cela est impossible; nous n'avons point de vivres. Mais
pour aller rejoindre les amis de Cyrus, les victimes sont favorables.
Voici donc ce qu'il faut faire : séparons-nous, et que chacun soupe
avec ce qu'il a. Quand la corne sonnera comme pour le repos, pliez
bagage; au second son, chargez les bêtes de somme; au troisième,
suivez votre chef, la colonne des équipages longeant le fleuve,
et les hoplites en dehors. » Ces ordres entendus, les stratége et
les lochages se retirent et font ce qui est convenu. De ce moment
Cléarque commande et les autres obéissent, sans l'avoir élu,
mais voyant bien qu'il avait seul la tête nécessaire pour com-

ναυσίπορός	qu'-on-traverse-en-bateaux
ἐστιν ἐν μέσῳ	est au milieu
ἡμῶν καὶ βασιλέως,	de nous et du roi,
ὃν οὐ δυναίμεθα ἂν	lequel nous ne pourrions
διαβῆναι ἄνευ πλοίων·	avoir traversé sans barques;
ἡμεῖς δὲ	or nous
οὐκ ἔχομεν πλοῖα.	nous n'avons pas de barques.
Οὐ μὲν δὴ οἷόν τε	D'une-part donc *il n'est* pas possible
μένειν αὐτοῦ γε·	de rester là-même (ici) certes;
οὐ γὰρ ἔστιν ἔχειν	car il n'est-pas-possible d'avoir
τὰ ἐπιτήδεια·	les choses nécessaires;
τὰ δὲ ἱερὰ	mais les entrailles [bles) à nous
ἦν πάνυ καλὰ ἡμῖν	étaient tout-à-fait belles (favora-
ἰέναι παρὰ τοὺς φίλους Κύρου.	*pour* aller vers les amis de Cyrus.
Χρὴ οὖν ποιεῖν ὧδε·	Il faut donc faire ainsi :
ἀπιόντας δειπνεῖν	allant souper
ὅ τι τις ἔχει·	*de* ce que quelqu'un (on) a ;
ἐπειδὰν δὲ σημήνῃ	mais après qu'*on* aura donné-le-si-
τῷ κέρατι	par la corne [gnal
ὡς ἀναπαύεσθαι,	comme *pour* se reposer,
συσκευάζεσθε,	faites-vos-paquets, [gnal
ἐπειδὰν δὲ	et après que *on aura donné-le-si-*
τὸ δεύτερον,	la deuxième *fois,*
ἀνατίθεσθε	placez *vos bagages*
ἐπὶ τὰ ὑποζύγια,	sur les bêtes-de-somme,
ἐπὶ δὲ τῷ τρίτῳ	et au troisième *signal,*
ἕπεσθε τῷ ἡγουμένῳ,	suivez le marchant-en-tête,
ἔχοντες τὰ μὲν ὑποζύγια	ayant les bêtes-de-somme d'une-
πρὸς τοῦ ποταμοῦ,	du-côté du fleuve, [part
τὰ δὲ ὅπλα	les armes (les hoplites) d'autre-part
ἔξω.	en dehors.
Οἱ στρατηγοὶ καὶ λοχαγοὶ	Les stratéges et les lochages
ἀκούσαντες ταῦτα	ayant entendu ces choses
ἀπῆλθον,	s'éloignèrent,
καὶ ἐποίουν οὕτω.	et ils faisaient ainsi.
Καὶ τὸ λοιπὸν	Et *pour* le reste (dès lors)
ὁ μὲν ἦρχεν,	lui d'un côté commandait,
οἱ δὲ ἐπείθοντο,	les autres obéissaient.
οὐχ ἑλόμενοι,	n'ayant pas élu,
ἀλλὰ ὁρῶντες	mais voyant

οἱ δ' ἄλλοι ἄπειροι ἦσαν. Ἀριθμὸς δὲ τῆς ὁδοῦ, ἣν ἦλθον ἐξ Ἐφέσου τῆς Ἰωνίας μέχρι τῆς μάχης, σταθμοὶ τρεῖς καὶ ἐνενήκοντα, παρασάγγαι[1] πέντε καὶ τριάκοντα καὶ πεντακόσιοι, στάδιοι[2] πεντήκοντα καὶ ἑξακισχίλιοι καὶ μύριοι· ἀπὸ δὲ τῆς μάχης ἐλέγοντο εἶναι εἰς Βαβυλῶνα στάδιοι ἑξήκοντα καὶ τριακόσιοι.

Ἐντεῦθεν δή, ἐπεὶ σκότος ἐγένετο, Μιλτοκύθης μὲν ὁ Θρᾷξ, ἔχων τούς τε ἱππέας τοὺς μεθ' ἑαυτοῦ εἰς τετταράκοντα καὶ τῶν πεζῶν Θρακῶν ὡς τριακοσίους, ηὐτομόλησε πρὸς βασιλέα. Κλέαρχος δὲ τοῖς ἄλλοις ἡγεῖτο κατὰ τὰ παραγγελμένα, οἱ δ' εἵποντο· καὶ ἀφικνοῦνται εἰς τὸν πρῶτον σταθμὸν παρὰ Ἀριαῖον καὶ τὴν ἐκείνου στρατιὰν ἀμφὶ μέσας νύκτας· καὶ ἐν τάξει θέμενοι τὰ ὅπλα ξυνῆλθον οἱ στρατηγοὶ καὶ λοχαγοὶ τῶν

mander, tandis que les autres étaient sans expérience. Voici le calcul du chemin qu'on avait fait depuis Éphèse, en Ionie, jusqu'au champ de bataille : en quatre-vingt-treize étapes, cinq cent-trente-cinq parasanges ou seize mille cinquante stades. Du champ de bataille jusqu'à Babylone, on disait qu'il y avait encore trois cent soixante stades.

Quand il fit noir, Miltocythe de Thrace, suivi de quarante cavaliers thraces, et d'environ trois cents fantassins de la même nation, déserta pour passer au roi. Cléarque se met à la tête des autres, ainsi qu'il l'avait annoncé; les autres suivent, et l'on arrive vers minuit à l'ancien campement, où se trouve Ariée et sa troupe. On pose les armes devant les rangs, et les stratéges ainsi que les lochages se rendent auprès d'Ariée. Alors les Grecs, Ariée

ὅτι μόνος ἐφρόνει	que seul il pensait
οἷα ἔδει τὸν ἄρχοντα,	des choses telles-qu'il fallait le
οἱ δὲ ἄλλοι	et que les autres [chef (en penser),
ἦσαν ἄπειροι.	étaient inexpérimentés.
Ἀριθμὸς δὲ τῆς ὁδοῦ,	Or le compte de la route,
ἣν ἦλθον ἐξ Ἐφέσου	qu'ils avaient parcourue d'Éphèse
τῆς Ἰωνίας,	de l'Ionie
μέχρι τῆς μάχης	jusqu'au lieu-du-combat [étapes
τρεῖς καὶ ἐνενήκοντα σταθμοί,	était trois et quatre-vingt-dix,
πέντε καὶ τριάκοντα καὶ πεντα-	cinq et trente et cinq-cents
ίαράσαγγαι, [κόσιοι	parasanges,
..εγτήκοντα καὶ ἑξακισχίλιοι καὶ	cinquante et six-cents et dix-mille
στάδιοι. [μύριοι	stades. [stades
Ἑξήκοντα δὲ καὶ τριακόσιοι	D'autre-part soixante et trois-cents
ἐλέγοντο εἶναι [στάδιοι	étaient dits être
ἀπὸ τῆς μάχη.	du lieu-du-combat
εἰς Βαβυλῶνα.	à Babylone.
Ἐντεῦθεν δή,	De là certes,
ἐπεὶ σκότος ἐγένετο,	après que l'obscurité fut,
Μιλτοκύθης μὲν ὁ Θρᾷξ	Miltocythe d'une-part le Thrace
ηὐτομόλησε πρὸς βασιλέα,	déserta vers le roi,
ἔχων τούς τε ἱππέας	ayant et les cavaliers
τοὺς μετὰ ἑαυτοῦ	ceux avec lui-même,
εἰς τετταράκοντα	jusqu'à quarante
καὶ ὡς τριακοσίους	et comme (environ) trois-cents
τῶν πεζῶν Θρακῶν.	des fantassins thraces.
Κλέαρχος δὲ	Et Cléarque
ἡγεῖτο τοῖς ἄλλοις	marchait-en-tête aux (des) autres
κατὰ τὰ παρηγγελμένα,	selon les choses annoncées,
οἱ δὲ εἵποντο.	et ceux-ci suivaient.
Καὶ ἀφικνοῦνται	Et ils arrivent
εἰς τὸν πρῶτον σταθμὸν	à la première étape
παρὰ Ἀριαῖον	auprès d'Ariée
καὶ τὴν στρατιὰν ἐκείνου	et l'armée de celui-là
ἀμφὶ μέσας νύκτας·	vers le milieu des nuits (de la nuit);
καὶ οἱ στρατηγοὶ καὶ λοχαγοὶ	et les stratéges et les lochages
τῶν Ἑλλήνων	des Grecs
θέμενοι τὰ ὅπλα	ayant fait-poser les armes
ἐν τάξει	en rang (sans rompre les rangs),
ξυνῆλθον παρὰ Ἀριαῖον,	se réunirent auprès d'Ariée.

Ἑλλήνων παρὰ Ἀριαῖον· καὶ ὤμοσαν οἵ τε Ἕλληνες καὶ
Ἀριαῖος καὶ τῶν σὺν αὐτῷ οἱ κράτιστοι μήτε προδώσειν ἀλλήλους, σύμμαχοί τε ἔσεσθαι· οἱ δὲ βάρβαροι προσώμοσαν καὶ
ἡγήσεσθαι ἀδόλως. Ταῦτα δ' ὤμοσαν, σφάξαντες ταῦρον καὶ
λύκον καὶ κάπρον καὶ κριόν, εἰς ἀσπίδα οἱ μὲν Ἕλληνες βά-
πτοντες¹ ξίφος, οἱ δὲ βάρβαροι λόγχην.

Ἐπεὶ δὲ τὰ πιστὰ ἐγένετο, εἶπεν ὁ Κλέαρχος· Ἄγε δή, ὦ
Ἀριαῖε, ἐπείπερ ὁ αὐτὸς ὑμῖν στόλος ἐστὶ καὶ ἡμῖν, εἰπὲ τίνα
γνώμην ἔχεις περὶ τῆς πορείας, πότερον ἄπιμεν ἥνπερ ἤλθομεν
ἢ ἄλλην τινὰ ἐννενοηκέναι δοκεῖς ὁδὸν κρείττω. Ὁ δ' εἶπεν·
Ἢν μὲν ἤλθομεν ἀπιόντες, παντελῶς ἂν ὑπὸ λιμοῦ ἀπολοίμεθα·
ὑπάρχει γὰρ νῦν ἡμῖν οὐδὲν τῶν ἐπιτηδείων· ἑπτακαίδεκα γὰρ
σταθμῶν τῶν ἐγγυτάτω οὐδὲ δεῦρο ἰόντες ἐκ τῆς χώρας οὐδὲν

et les principaux de son armée, jurent de ne point se trahir et de
rester alliés fidèles. Les barbares jurent, en outre, de guider loyalement. En jurant, on égorge un sanglier, un taureau, un loup et
un bélier; et l'on en reçoit le sang dans un bouclier, où les Grecs
plongent leurs épées et les barbares leurs lances.

Ces gages donnés, Cléarque parle ainsi : « Voyons, Ariée, puisque vous et nous nous prenons la même route, dis-moi quel est
ton avis sur la marche à suivre. Retournerons-nous par où nous
sommes venus, ou bien connais-tu quelque autre route qui soit
meilleure? » Ariée répond : « Si nous retournons sur nos pas, nous
mourrons tous de faim, puisque nous n'avons plus de vivres. Dans
les dix-sept dernières étapes faites pour arriver ici, nous n'avons

καὶ οἵ τε Ἕλληνες καὶ Ἀριαῖος
Et d'une-part les Grecs et Ariée

καὶ οἱ κράτιστοι τῶν σὺν αὐτῷ
et les meilleurs de ceux avec lui

ὤμοσαν
jurèrent   [pas se trahir)

μήτε προδώσειν
et de ne devoir pas se trahir (de ne

ἀλλήλους,
les-uns-les-autres,

ἔσεσθαί τε σύμμαχοι.
et devoir être (d'être) alliés.

Οἱ δὲ βάρβαροι
D'autre-part les barbares

προσώμοσαν
jurèrent-en-outre   [raient

καὶ ἡγήσεσθαι
et devoir les guider (qu'ils les guide-

ἀδόλως.
sans-perfidie.

Ὤμοσαν δὲ ταῦτα
Or ils jurèrent ces choses

σφάξαντες ταῦρον καὶ λύκον
ayant égorgé un taureau et un loup

καὶ κάπρον καὶ κριόν,
et un sanglier et un bélier,

οἱ μὲν Ἕλληνες
les Grecs d'une-part

βάπτοντες ξίφος
plongeant l'épée (leurs épées)

εἰς ἀσπίδα,
dans un bouclier,

οἱ δὲ βάρβαροι
d'autre-part les barbares

λόγχην·
la lance (leurs lances).   [lieu

Ἐπεὶ δὲ τὰ πιστὰ ἐγένετο
Or après que les gages eurent-eu-

ὁ Κλέαρχος εἶπεν·
Cléarque dit :

Ἄγε δή, ὦ Ἀριαῖε,
Eh-bien certes, ô Ariée,

ἐπείπερ ὁ αὐτὸς στόλος
puisque le même voyage

ἐστὶν ὑμῖν καὶ ἡμῖν,
est à vous et à nous,

εἰπὲ τίνα γνώμην ἔχεις
dis quel avis tu as

περὶ τῆς πορείας,
sur le chemin,

πότερον ἄπιμεν
si nous nous en-irons   [venus,

ἥνπερ ἤλθομεν,
par celui par lequel nous sommes

ἢ δοκεῖς ἐννενοηκέναι
ou si tu crois avoir conçu

τινὰ ἄλλην ὁδὸν κρείττω.
quelque autre route meilleure.

Ὁ δὲ εἶπεν·
Et celui-ci dit :

ἀπιόντες μὲν
En nous en-allant d'une-part

ἣν ἤλθομεν,
par la route par laquelle nous som-

ἀπολοίμεθα ἂν
nous aurions péri   [mes venus,

παντελῶς ὑπὸ λιμοῦ·
complétement par la faim ;

οὐδὲν γὰρ τῶν ἐπιτηδείων
car aucune des choses nécessaires

ὑπάρχει νῦν ἡμῖν.
n'est maintenant à nous.

Ἑπτακαίδεκα γὰρ σταθμῶν
Car pendant dix-sept étapes

τῶν ἐγγυτάτω
celles les plus près

οὐδὲ ἰόντες δεῦρο
pas-même venant ici

εἴχομεν οὐδὲν
nous n'avions rien

εἴχομεν λαμβάνειν· ἔνθα δ' εἴ τι ἦν, ἡμεῖς διαπορευόμενοι κατεδαπανήσαμεν. Νῦν δ' ἐπινοοῦμεν πορεύεσθαι μακροτέραν μέν, τῶν δ' ἐπιτηδείων οὐκ ἀπορήσομεν. Πορευτέον δ' ἡμῖν τοὺς πρώτους σταθμοὺς ὡς ἂν δυνώμεθα μακροτάτους, ἵνα ὡς πλεῖστον ἀποσπασθῶμεν τοῦ βασιλικοῦ στρατεύματος· ἢν γὰρ ἅπαξ δύο ἢ τριῶν ἡμερῶν ὁδὸν ἀπόσχωμεν, οὐκέτι μὴ δύνηται βασιλεὺς ἡμᾶς καταλαβεῖν· ὀλίγῳ μὲν γὰρ στρατεύματι οὐ τολμήσει ἐφέπεσθαι· πολὺν δ' ἔχων στόλον οὐ δυνήσεται ταχέως πορεύεσθαι· ἴσως δὲ καὶ τῶν ἐπιτηδείων σπανιεῖ. Ταύτην, ἔφη, τὴν γνώμην ἔχω ἔγωγε.

Ἦν δὲ αὕτη ἡ στρατηγία οὐδὲν ἄλλο δυναμένη ἢ ἀποδρᾶναι ἢ ἀποφυγεῖν· ἡ δὲ τύχη ἐστρατήγησε κάλλιον. Ἐπεὶ γὰρ ἡμέρα ἐγένετο, ἐπορεύοντο ἐν δεξιᾷ ἔχοντες τὸν ἥλιον [1], λογι-

rien trouvé dans le pays, ou bien nous avons consommé en passant le peu qu'il y avait. Nous songeons donc à une route plus longue, mais où nous ne manquerons point de vivres. Nous ferons les premières étapes aussi fortes que nous pourrons, afin de nous éloigner le plus possible de l'armée du roi. Une fois que nous serons en avance sur lui de deux ou trois jours de marche, le roi ne pourra plus nous atteindre. Il n'osera pas nous suivre avec peu de troupes; et, s'il en a beaucoup, il ne pourra pas aller vite; peut-être même aura-t-il également peu de vivres. Voilà, dit Ariée, quel est mon avis, à moi. »

Ce plan stratégique ne tendait qu'à échapper au roi ou à fuir; le hasard se montra tactitien plus habile. Dès que le jour paraît, on se met en marche, le soleil à droite, et comptant arriver au soleil

λαμβάνειν ἐκ τῆς χώρας·	à prendre du pays;
εἰ δέ τι ἦν ἔνθα,	et si quelque chose était là,
ἡμεῖς διαπορευόμενοι	nous en passant
κατεδαπανήσαμεν.	nous l'avons consommé.
Νῦν δὲ ἐπινοοῦμεν	Et maintenant nous songeons
πορεύεσθαι	à marcher
μακροτέραν μέν,	une *route* plus longue d'une-part,
οὐ δὲ ἀπορήσομεν	mais nous ne manquerons pas
τῶν ἐπιτηδείων.	des choses nécessaires.
Πορευτέον δὲ ἡμῖν	Or il est à-marcher à nous (il nous
τοὺς πρώτους σταθμοὺς	les premières étapes [faut marcher)
ὡς δυνώμεθα ἂν μακροτάτους,	comme nous pourrons les plus lon-
ἵνα ἀποσπασθῶμεν	afin que nous soyons séparés [gues,
τοῦ στρατεύματος βασιλικοῦ	de l'armée royale,
ὡς πλεῖστον·	comme *il est possible* le plus;
ἢν γὰρ ἅπαξ	car si une-fois
ἀποσχῶμεν ὁδὸν	nous sommes éloignés *d*'une route
δύο ἢ τριῶν ἡμερῶν	de deux ou trois jours,
βασιλεὺς οὐκέτι μὴ δύνηται	le roi ne pourra plus
καταλαβεῖν ἡμᾶς·	avoir atteint nous:
οὐ μὲν γὰρ τολμήσει	car d'une-part il n'osera pas
ἐφέπεσθαι στρατεύματι ὀλίγῳ·	suivre *avec* une armée peu-nom-
ἔχων δὲ	d'autre-part ayant [breuse;
στόλον πολὺν	une troupe-d'expédition nombreuse
οὐ δυνήσεται	il ne pourra
πορεύεσθαι ταχέως,	marcher vite,
ἴσως δὲ καὶ	et peut-être aussi
σπανιεῖ τῶν ἐπιτηδείων.	il manquera des choses nécessaires,
Ἔγωγε, ἔφη,	Moi-du-moins, dit-il,
ἔχω ταύτην τὴν γνώμην.	j'ai cet avis.
Αὕτη δὲ ἡ στρατηγία	Or cette stratégie
ἦν δυναμένη οὐδὲν ἄλλο	était ne pouvant rien autre chose
ἢ ἀποδρᾶναι	que s'être esquivé
ἢ ἀποφυγεῖν·	ou s'être enfui;
ἡ δὲ τύχη	mais le hasard
ἐστρατήγησε κάλλιον.	dirigea-l'armée mieux.
Ἐπεὶ γὰρ ἡμέρα ἐγένετο,	Car après que le jour fut,
ἐπορεύοντο	ils marchaient
ἔχοντες ἐν δεξιᾷ τὸν ἥλιον,	ayant à droite le soleil,
λογιζόμενοι ἥξειν	calculant devoir arriver

ζόμενοι ἥξειν ἅμα ἡλίῳ δύνοντι εἰς κώμας τῆς Βαβυλωνίας χώ-
ρας· καὶ τοῦτο μὲν οὐκ ἐψεύσθησαν. Ἔτι δὲ ἀμφὶ δείλην ἔδο-
ξαν πολεμίους ὁρᾶν ἱππέας· καὶ τῶν τε Ἑλλήνων οἳ μὴ ἔτυχον
ἐν ταῖς τάξεσιν ὄντες εἰς τὰς τάξεις ἔθεον, καὶ Ἀριαῖος, ἐτύγχανε γὰρ ἐφ' ἁμάξης πορευόμενος διότι ἐτέτρωτο, καταβὰς ἐθω-
ρακίζετο καὶ οἱ σὺν αὐτῷ. Ἐν ᾧ δὲ ὡπλίζοντο, ἧκον λέγοντες
οἱ προπεμφθέντες σκοποὶ ὅτι οὐχ ἱππεῖς εἰσιν, ἀλλ' ὑποζύγια
νέμοιτο. Καὶ εὐθὺς ἔγνωσαν πάντες ὅτι ἐγγύς που ἐστρατοπε-
δεύετο βασιλεύς· καὶ γὰρ καὶ καπνὸς ἐφαίνετο ἐν κώμαις οὐ
πρόσω. Κλέαρχος δὲ ἐπὶ μὲν τοὺς πολεμίους οὐκ ἦγεν· ᾔδει γὰρ
καὶ ἀπειρηκότας τοὺς στρατιώτας καὶ ἀσίτους ὄντας· ἤδη δὲ
καὶ ὀψὲ ἦν· οὐ μέντοι οὐδὲ ἀπέκλινε, φυλαττόμενος μὴ δοκοίη

couchant à des villages de la Babylonie. On ne se trompait point.
Vers l'après-midi, on croit voir des cavaliers ennemis. Ceux des
Grecs qui ne se trouvaient point à leurs rangs courent les repren-
dre. Ariée, qui était monté sur un chariot à cause de ses blessures,
saute à bas et met sa cuirasse, ainsi que ceux qui étaient avec lui.
Pendant qu'ils s'arment, les éclaireurs qu'on avait envoyés en
avant reviennent dire que ce ne sont point des cavaliers, mais des
bêtes de somme à la pâture. Tout le monde en conclut que le roi
campe près de là ; et, en effet, on apercevait de la fumée dans les
villages voisins. Cependant Cléarque ne marche point à l'ennemi.
Il voyait que les soldats étaient las, à jeun, et qu'il se faisait
tard. Toutefois il ne se détourne point, pour n'avoir pas l'air de

ἅμα ἡλίῳ δύνοντι	avec le soleil couchant
εἰς κώμας	dans des villages
τῆς χώρας Βαβυλωνίας·	du pays babylonien;
καὶ οὐκ ἐψεύσθησαν	et ils ne furent pas trompés
τοῦτο μέν,	*en* ceci d'une-part,
ἔτι δὲ ἀμφὶ δείλην	mais de plus vers l'après-midi
ἔδοξαν ὁρᾶν	ils crurent voir
ἱππέας πολεμίους·	des cavaliers ennemis;
καὶ οἵ τε τῶν Ἑλλήνων	et ceux-qui des Grecs
μὴ ἔτυχον	ne se trouvèrent pas
ὄντες ἐν ταῖς τάξεσιν	étant dans les rangs
ἔθεον εἰς τὰς τάξεις,	couraient vers les rangs,
καὶ Ἀριαῖος,	et Ariée,
ἐτύγχανε γὰρ πορευόμενος	car il se trouvait marchant
ἐπὶ ἁμάξης	sur un char,
διότι ἐτέτρωτο	parce qu'il avait été blessé,
καταβὰς ἐθωρακίζετο	étant descendu mettait-sa-cuirasse
καὶ οἱ σὺν αὐτῷ.	et ceux avec lui. [maient,
Ἐν ᾧ δὲ ὡπλίζοντο,	Mais dans *le temps* qu'ils s'ar-
οἱ σκοποὶ προπεμφθέντες	les éclaireurs envoyés-en-avant
ἧκον λέγοντες	venaient disant
ὅτι οὐκ εἰσιν ἱππεῖς.	que *ce* ne sont point des cavaliers,
ἀλλ' ὑποζυγία	mais *que* des bêtes-de-somme
νέμοιτο.	paissaient.
Καὶ πάντες ἔγνωσαν εὐθὺς	Et tous reconnurent aussitôt
ὅτι βασιλεὺς	que le roi
ἐστρατοπεδεύετό που ἐγγύς·	était campé quelque-part
καὶ γὰρ καὶ καπνὸς	car même de la fumée
ἐφαίνετο ἐν κώμαις	paraissait dans des villages
οὐ πρόσω.	non loin. [troupes
Κλέαρχος δὲ οὐκ ἦγεν	Or Cléarque ne conduisait pas *les*
ἐπὶ μὲν τοὺς πολεμίους,	d'une-part contre les ennemis,
ᾔδει γὰρ	car il savait
τοὺς στρατιώτας ἀπειρηκότας	les soldats étant las
καὶ ὄντας ἀσίτους·	et étant sans-nourriture,
ἤδη δὲ καὶ	et déjà aussi
ἦν ὀψέ·	il était tard ; [plus
οὐ μέντοι οὐδὲ ἀπέκλινε,	ni cependant il ne se détourna non-
φυλαττόμενος	prenant-garde
μὴ δοκοίη φεύγειν,	qu'il ne parût fuir,

φεύγειν, ἀλλ' εὐθύωρον ἄγων, ἅμα τῷ ἡλίῳ δυομένῳ εἰς τὰς ἐγγυτάτω κώμας τοὺς πρώτους ἔχων κατεσκήνωσεν, ἐξ ὧν διήρπαστο ὑπὸ τοῦ βασιλικοῦ στρατεύματος καὶ αὐτὰ τὰ ἀπὸ τῶν οἰκιῶν ξύλα.

Οἱ μὲν οὖν πρῶτοι ὅμως τρόπῳ τινὶ ἐστρατοπεδεύσαντο, οἱ δὲ ὕστεροι σκοτιαῖοι προσιόντες ὡς ἐτύγχανον ἕκαστοι ηὐλίζοντο, καὶ κραυγὴν πολλὴν ἐποίουν καλοῦντες ἀλλήλους, ὥστε καὶ τοὺς πολεμίους ἀκούειν· ὥστε οἱ μὲν ἐγγύτατα τῶν πολεμίων καὶ ἔφυγον ἐκ τῶν σκηννωμάτων. Δῆλον δὲ τοῦτο τῇ ὑστεραίᾳ ἐγένετο· οὔτε γὰρ ὑποζύγιον ἔτ' οὐδὲν ἐφάνη οὔτε στρατόπεδον οὔτε καπνὸς οὐδαμοῦ πλησίον. Ἐξεπλάγη δέ, ὡς ἔοικε, καὶ βασιλεὺς τῇ ἐφόδῳ τοῦ στρατεύματος· ἐδήλωσε δὲ τοῦτο οἷς τῇ ὑστεραίᾳ ἔπραττε.

Προϊούσης μέντοι νῆς νυκτὸς ταύτης καὶ τοῖς Ἕλλησι φόβος

fuir; mais il mène son monde droit en avant, et, au soleil couché, il campe avec la tête de la colonne dans les villages les plus proches, d'où l'armée royale avait emporté tout, même le bois des maisons.

Les premiers arrivés se campent avec assez d'ordre; mais les seconds, arrivant à la nuit close, se logent au hasard, et font grand bruit en s'appelant les uns les autres. Les postes les plus rapprochés des ennemis les entendent et s'enfuient de leurs tentes. On s'en aperçut le lendemain, car on ne vit plus aux environs ni bêtes de somme, ni camp, ni fumée. Le roi lui-même, à ce qu'il paraît, fut effrayé de l'approche de l'armée; sa conduite du lendemain en est la preuve.

Vers le milieu de la nuit, une terreur pareille s'empara des Grecs:

ἀλλὰ ἄγων εὐθύωρον,	mais conduisant *les troupes* tout-
κατεσκήνωσεν	il se cantonna [droit,
ἔχων τοὺς πρώτους,	ayant les premiers (la tête des colon-
ἅμα τῷ ἡλίῳ δυομένῳ	avec le soleil couchant [nes
εἰς τὰς κώμας ἐγγυτάτω,	dans les villages les plus près,
ἐξ ὧν καὶ τὰ ξύλα αὐτὰ	desquels et les bois mêmes
ἀπὸ τῶν οἰκιῶν	des maisons
διήρπαστο	avaient été emportés
ὑπὸ τοῦ στρατεύματος βασιλικοῦ.	par l'armée royale.
Οἱ μὲν οὖν πρῶτοι	D'une-part donc les premiers,
ἐστρατοπεδεύσαντό τινι τρόπῳ,	campèrent d'une certaine manière,
οἱ δὲ ὕστεροι	mais ceux d'-après [rité)
προσιόντες σκοταῖοι	s'avançant obscurs (dans l'obscu-
ηὐλίζοντο	passaient-la-nuit
ἕκαστοι ὡς ἐτύγχανον,	chacun comme ils se trouvaient,
καὶ ἐποίουν πολλὴν κραυγὴν	et faisaient un grand cri
καλοῦντες ἀλλήλους,	s'appelant les uns-les-autres,
ὥστε καὶ	de sorte que même
τοὺς πολεμίους ἀκούειν·	les ennemis entendre;
ὥστε οἱ μὲν	de sorte que ceux d'-une-part
τῶν πολεμίων ἐγγύτατα	des ennemis *étant* le plus près
καὶ ἔφυγον	même s'enfuirent
ἐκ τῶν σκηνωμάτων.	des (de leurs) tentes.
Τοῦτο δὲ	Et cela
ἐγένετο δῆλον	devint évident
τῇ ὑστεραίᾳ·	le *jour* d'-après:
οὔτε γὰρ	car ni
οὐδὲν ὑποζύγιον	aucune bête-de-somme
οὔτε στρατόπεδον	ni camp
οὔτε καπνὸς	ni fumée
ἐφάνη ἔτι	ne parut encore
οὐδαμοῦ πλησίον.	nulle-part auprès.
Βασιλεὺς δὲ καὶ	Mais le roi aussi
ἐξεπλάγη, ὡς ἔοικε,	fut frappé, à ce qu'il paraît,
τῇ ἐφόδῳ τοῦ στρατεύματος·	de l'approche de l'armée;
ἐδήλωσε δὲ τοῦτο	et il manifesta cela
οἷς ἔπραττε	par les choses qu'il fit
τῇ ὑστεραίᾳ.	le *jour* d'-après.
Ταύτης μέντοι τῆς νυκτὸς	Cette nuit cependant
προϊούσης	s'avançant

ἐμπίπτει, καὶ θόρυβος καὶ δοῦπος ἦν, οἷον εἰκὸς φόβου ἐμπε-
σόντος γίγνεσθαι. Κλέαρχος δὲ Τολμίδην Ἠλεῖον, ὃν ἐτύγχανεν
ἔχων παρ' ἑαυτῷ κήρυκα ἄριστον τῶν τότε, τοῦτον ἀνειπεῖν
ἐκέλευσε σιγήν, κατακηρύξαντα ὅτι προαγορεύουσιν οἱ ἄρχοντες, ὃς ἂν τὸν ἀφέντα τὸν ὄνον εἰς τὰ ὅπλα μηνύσῃ, ὅτι λήψε-
ται μισθὸν τάλαντον [1] ἀργυρίου. Ἐπεὶ δὲ ταῦτα ἐκηρύχθη, ἔγνωσαν οἱ στρατιῶται ὅτι κενὸς ὁ φόβος εἴη καὶ οἱ ἄρχοντες σῶοι.
Ἅμα δὲ ὄρθρῳ παρήγγειλεν ὁ Κλέαρχος εἰς τάξιν τὰ ὅπλα τίθε-
σθαι τοὺς Ἕλληνας, ᾗπερ εἶχον ὅτε ἦν ἡ μάχη.

III. Ὁ δὲ δὴ ἔγραψα ὅτι βασιλεὺς ἐξεπλάγη τῇ ἐφόδῳ,
τῷδε δῆλον ἦν· τῇ μὲν γὰρ πρόσθεν ἡμέρᾳ πέμπων τὰ ὅπλα
παραδιδόναι ἐκέλευε, τότε δὲ ἅμα ἡλίῳ ἀνατέλλοντι κήρυκας

grand bruit, grand tumulte, comme il arrive en ces sortes d'a-
lertes. Cléarque avait par hasard auprès de lui Tolmide d'Élée, le
meilleur crieur de son temps; il lui enjoint de faire faire silence et
de proclamer ensuite, de la part des chefs, que quiconque dénon-
cera celui qui a lâché un âne à travers les armes recevra pour
récompense un talent d'argent. Cette proclamation fait comprendre
aux soldats que leur alarme a été vaine, qu'il n'est rien arrivé à
leurs chefs. Au point du jour, Cléarque ordonne aux Grecs de prendre les armes et de se ranger comme un jour de bataille.

III. Ce que j'ai écrit plus haut, que le roi avait été effrayé à l'approche de l'ennemi, devint alors évident. Lui qui, la veille, en-
voyait l'ordre de livrer les armes, il envoie, au lever du soleil;

φόβος ἐμπίπτει	une crainte tombe-sur
καὶ τοῖς Ἕλλησι,	les Grecs aussi,
καὶ θόρυβος	et tumulte
καὶ δοῦπος ἦν	et bruit était
οἷον εἰκὸς γίγνεσθαι	tel qu'il *est* naturel avoir-lieu
φόβου ἐμπεσόντος.	une crainte étant tombée-sur (étant
Κλέαρχος δὲ ἐκέλευσεν	Et Cléarque ordonna [survenue).
Τολμίδην Ἠλεῖον,	Tolmide d'-Élée,
ὃν ἐτύγχανεν ἔχων	qu'il se trouvait ayant
παρὰ ἑαυτῷ,	auprès de lui-même,
τοῦτον ἀνειπεῖν σιγήν,	celui-ci avoir proclamé le silence,
κατακηρύξαντα	ayant publié
ὅτι οἱ ἄρχοντες προαγορεύουσιν	que les chefs déclarent,
ὅτι ὃς μηνύσῃ ἂν	que celui qui aura dénoncé
τὸν ἀφέντα τὸν ὄνον	le ayant lâché l'âne
εἰς τὰ ὅπλα,	dans (à travers) les armes,
λήψεται μισθὸν	recevra *pour* récompense
τάλαντον ἀργυρίου.	un talent d'argent.
Ἐπεὶ δὲ ταῦτα	Or après que ces choses
ἐκηρύχθη,	eurent été publiées,
οἱ στρατιῶται ἔγνωσαν	les soldats connurent
ὅτι ὁ φόβος	que la crainte
εἴη κενὸς	était vaine
καὶ οἱ ἄρχοντες σῶοι.	et les chefs saufs.
Ἅμα δὲ ὄρθρῳ	Et avec le point-du-jour
Κλέαρχος παρήγγειλεν	Cléarque ordonna
τοὺς Ἕλληνας τίθεσθαι	les Grecs placer
τὰ ὅπλα εἰς τάξιν	les (leurs) armes en rang,
ᾗπερ εἶχον	comme ils étaient,
ὅτε ἡ μάχη ἦν.	lorsque le combat était (avait-lieu)
III. Ὃ δὲ ἔγραψα	III. Or ce que j'ai écrit
ὅτι βασιλεὺς ἐξεπλάγη	que le roi fut frappé
τῇ ἐφόδῳ,	par l'approche *de l'armée*,
ἦν δὴ δῆλον τῷδε·	était certes évident par ceci :
πέμπων μὲν γὰρ	car d'une-part envoyant
τῇ ἡμέρᾳ πρόσθεν	le jour d'-avant
ἐκέλευε	il ordonnait
παραδιδόναι τὰ ὅπλα,	de livrer les armes,
τότε δὲ	mais alors
ἅμα ἡλίῳ ἀνατέλλοντι	avec le soleil se levant

ἔπεμψε περὶ σπονδῶν. Οἱ δ' ἐπεὶ ἦλθον πρὸς τοὺς προφύλακας ἐζήτουν τοὺς ἄρχοντας. Ἐπειδὴ δὲ ἀπήγγελλον οἱ προφύλακες, Κλέαρχος, τυχὼν τότε τὰς τάξεις ἐπισκοπῶν, εἶπε τοῖς προφύλαξι κελεύειν τοὺς κήρυκας περιμένειν ἄχρι ἂν σχολάσῃ. Ἐπεὶ δὲ κατέστησε τὸ στράτευμα ὥστε καλῶς ἔχειν ὁρᾶσθαι πάντῃ φάλαγγα πυκνήν, τῶν δὲ ἀόπλων μηδένα καταφανῆ εἶναι, ἐκάλεσε τοὺς ἀγγέλους, καὶ αὐτός τε προῆλθε, τούς τε εὐοπλοτάτους ἔχων καὶ εὐειδεστάτους τῶν αὐτοῦ στρατιωτῶν, καὶ τοῖς ἄλλοις στρατηγοῖς ταὐτὰ ἔφρασεν.

Ἐπεὶ δὲ ἦν πρὸς τοῖς ἀγγέλοις, ἀνηρώτα τί βούλοιντο. Οἱ δ' ἔλεγον ὅτι περὶ σπονδῶν ἥκοιεν, ἄνδρες οἵτινες ἱκανοὶ ἔσονται τά τε παρὰ βασιλέως τοῖς Ἕλλησιν ἀπαγγεῖλαι καὶ τὰ παρὰ τῶν Ἑλλήνων βασιλεῖ. Ὁ δὲ ἀπεκρίνατο· Ἀπαγγέλλετε τοίνυν

des hérauts proposer un accommodement. Ceux-ci, arrivés aux avant-postes, demandent les chefs. Les sentinelles ayant fait leur rapport, Cléarque, qui, dans ce moment, inspectait les rangs, leur prescrit de dire aux hérauts d'attendre qu'il fût de loisir. Il dispose alors ses troupes de manière à ce que la phalange offrît à l'œil une masse compacte et qu'aucun des soldats sans armes ne fût en évidence ; puis il mande les députés, va lui-même au-devant d'eux avec ses soldats les mieux armés, les plus beaux hommes, et invite les autres chefs à faire comme lui.

Arrivé près des envoyés, il leur demande ce qu'ils veulent. Ils disent qu'ils viennent pour une trêve, avec mission d'annoncer aux Grecs les intentions du roi, et au roi celles des Grecs. Cléarque

ἔπεμψε κήρυκας — il envoya des hérauts
περὶ σπονδῶν. — touchant des trêves.
Οἱ δὲ ἐπεὶ ἦλθον — Et ceux-ci après qu'ils furent arrivés
πρὸς τοὺς προφύλακας, — vers les sentinelles-des-avant-postes
ἐζήτουν τοὺς ἄρχοντας. — cherchaient (demandaient) les
Ἐπειδὴ δὲ — D'autre-part après que   [chefs.
οἱ προφύλακες ἀπήγγελλον, — les sentinelles-des-avant-postes an-
Κλέαρχος, — Cléarque,   [nonçaient,
τυχὼν τότε — s'étant trouvé alors
ἐπισκοπῶν τὰς τάξεις, — inspectant les rangs,
εἶπε τοῖς προφύλαξι — dit aux sentinelles-des-avant-postes
κελεύειν τοὺς κήρυκας — d'ordonner les hérauts
περιμένειν — attendre
ἄχρι σχολάσῃ ἄν. — jusqu'à ce qu'il ait-du-loisir.
Ἐπεὶ δὲ κατέστησε — Et après qu'il eut disposé
τὸ στράτευμα, — l'armée,
ὥστε φάλαγγα — de-manière-qu'une phalange
πυκνὴν πάντη — épaisse partout
ἔχειν καλῶς ὁρᾶσθαι, — être (fût) belle à être vue,
μηδένα δὲ τῶν ἀόπλων — et qu'aucun de ceux sans-armes
εἶναι καταφανῆ, — être (fût) évident (en évidence),
ἐκάλεσε τοὺς ἀγγέλους, — il appela les envoyés,
καὶ αὐτός τε προῆλθε, — et lui-même aussi s'avança
ἔχων τούς τε εὐοπλοτάτους — ayant et les mieux-armés
καὶ εὐειδεστάτους — et les mieux-faits
τῶν στρατιωτῶν αὐτοῦ,   [γοῖς — des soldats de lui-même,
καὶ ἔφρασεν τοῖς ἄλλοις στρατη- — et il dit aux autres stratéges
τὰ αὐτά. — de faire les mêmes choses.
Ἐπεὶ δὲ ἦν — D'autre-part après qu'il fut
πρὸς τοῖς ἀγγέλοις — auprès des envoyés,   [laient
ἀνηρώτα τί βούλοιντο. — il interrogeait quelle chose ils vou-
Οἱ δὲ ἔλεγον — et ceux-ci disaient
ὅτι ἥκοιεν περὶ σπονδῶν — qu'il venaient pour des trêves,
ἄνδρες οἵτινες — eux hommes qui
ἔσονται ἱκανοὶ — seront propres
ἀπαγγεῖλαί τε τοῖς Ἕλλησι — et à avoir annoncé aux Grecs
τὰ παρὰ βασιλέως — les choses de-la-part du roi
καὶ βασιλεῖ — et au roi
τὰ παρὰ τῶν Ἑλλήνων. — les choses de-la-part des Grecs.
Ὁ δὲ ἀπεκρίνατο· — Mais celui-ci répondit :

αὐτῷ ὅτι μάχης δεῖ πρῶτον· ἄριστον γὰρ οὐκ ἔστιν, οὐδ' ὁ
τολμήσων περὶ σπονδῶν λέγειν τοῖς Ἕλλησι μὴ πορίσας ἄριστον. Ταῦτα ἀκούσαντες οἱ ἄγγελοι ἀπήλαυνον, καὶ ἧκον ταχύ·
ᾧ καὶ δῆλον ἦν ὅτι ἐγγύς που βασιλεύς ἦν ἢ ἄλλος τις ᾧ ἐπετέ-
τακτο ταῦτα πράττειν. Ἔλεγον δὲ ὅτι εἰκότα δοκοῖεν λέγειν
βασιλεῖ· καὶ ἥκοιεν ἡγεμόνας ἔχοντες, οἳ αὐτούς, ἐὰν σπονδαὶ
γένωνται, ἄξουσιν ἔνθεν ἕξουσι τὰ ἐπιτήδεια. Ὁ δὲ ἠρώτα, εἰ
αὐτοῖς τοῖς ἀνδράσι σπένδοιτο ἰοῦσι καὶ ἀπιοῦσιν, ἢ καὶ τοῖς
ἄλλοις ἔσοιντο σπονδαί. Οἱ δέ· Ἅπασιν, ἔφασαν, μέχρι ἂν βασιλεῖ τὰ παρ' ὑμῶν διαγγελθῇ. Ἐπεὶ δὲ ταῦτα εἶπον, μεταστη-
σάμενος αὐτοὺς ὁ Κλέαρχος ἐβουλεύετο· καὶ ἐδόκει τὰς σπονδὰς

répond : « Annoncez-lui donc qu'il faut d'abord combattre, car
nous n'avons pas de quoi dîner : et qui donc oserait parler de trêve
aux Grecs, s'il n'a pas de dîner à leur fournir?» Ces mots entendus, les envoyés s'en retournent, mais ils reviennent bientôt; ce
qui prouve que le roi était tout près, lui, ou quelqu'un chargé par
lui de toute la négociation. Ils disent que le roi trouve la demande
raisonnable, et qu'ils reviennent avec des guides chargés, au cas
où la trêve serait conclue, de conduire les Grecs à un endroit où
ils auraient des vivres. Cléarque leur demande si le roi ne fait
trêve qu'avec ceux qui vont et viennent pour les négociations,
ou si l'accommodement s'étend à toute l'armée. « A toute l'armée,
répondent-ils, jusqu'à ce que vos propositions aient été portées au
roi. » Après cette promesse, Cléarque les fait éloigner, et tient un
conseil où l'on décide de conclure promptement la trêve, et de se

Ἀπαγγέλλετε τοίνυν αὐτῷ | Annoncez donc à lui
ὅτι δεῖ πρῶτον μάχης· | qu'il faut d'abord un combat;
ἄριστον γὰρ οὐκ ἔστιν, | Car dîner n'est pas,
οὐδὲ ὁ τολμήσων | ni le devant oser
λέγειν τοῖς Ἕλλησι | parler aux Grecs
περὶ σπονδῶν | sur des trêves   [dîner.
μὴ πορίσας ἄριστον. | n'ayant pas fourni (sans fournir) un
Οἱ ἄγγελοι ἀκούσαντες ταῦτα | Les envoyés ayant entendu ces cho-
ἀπήλαυνον, | poussaient (partaient)   [ses
καὶ ἧκον ταχύ· | et revenaient promptement;
ᾧ καὶ ἦν δῆλον | par quoi aussi il était évident
ὅτι βασιλεὺς | que le roi
ἦν ἐγγύς που, | était près quelque-part,
ἤ τις ἄλλος | ou quelque autre
ᾧ ἐπέτακτο | auquel il avait été enjoint
πράττειν ταῦτα. | de faire ces choses.
Ἔλεγον δὲ ὅτι | Or ils disaient que
δοκοῖεν βασιλεῖ | ils paraissaient au roi
λέγειν εἰκότα, | dire des choses raisonnables,
καὶ ἥκοιεν | et qu'ils revenaient
ἔχοντες ἡγεμόνας, | ayant des guides,
οἳ ἄξουσιν αὐτούς, | qui conduiront eux,
ἐὰν σπονδαὶ γένωνται, | si des trêves ont-lieu,
ἔνθεν ἕξουσι | là d'où ils auront
τὰ ἐπιτήδεια. | les choses nécessaires.
Ὁ δὲ ἠρώτα | Mais lui (Cléarque) demandait
εἰ σπένδοιτο | si la-trêve-existait
τοῖς ἀνδράσιν αὐτοῖς | pour les hommes eux-mêmes (seuls)
ἰοῦσι καὶ ἀπιοῦσι, | allant et venant,
ἢ σπονδαὶ ἔσοιντο | ou si les trêves étaient
καὶ τοῖς ἄλλοις. | aussi pour les autres.
Οἱ δὲ ἔφασαν· | Mais ceux-ci dirent :
Ἅπασιν, | Pour tous,   [de vous
μέχρι τὰ παρὰ ὑμῶν | jusqu'à ce que les choses de-la-part-
διαγγελθῇ ἂν βασιλεῖ. | aient été annoncées au roi.
Ἐπεὶ δὲ εἶπον ταῦτα   [τοὺς | Et après qu'ils eurent dit ces choses,
ὁ Κλέαρχος μεταστησάμενος αὐ- | Cléarque ayant éloigné eux
ἐβουλεύετο· | délibérait ;
καὶ ἐδόκει | et il paraissait-bon
ποιεῖσθαι ταχὺ τὰς σπονδάς, | de faire promptement les trêves.

ποιεῖσθαι ταχὺ καὶ καθ᾽ ἡσυχίαν ἐλθεῖν τε ἐπὶ τὰ ἐπιτήδεια καὶ λαβεῖν. Ὁ δὲ Κλέαρχος εἶπε· Δοκεῖ μὲν κἀμοὶ ταῦτα· οὐ μέντοι ταχύ γε ἀπαγγελῶ, ἀλλὰ διατρίψω ἔστ᾽ ἂν ὀκνήσωσιν οἱ ἄγγελοι μὴ ἀποδόξῃ ἡμῖν τὰς σπονδὰς ποιήσασθαι· οἶμαι γε μέντοι, ἔφη, καὶ τοῖς ἡμετέροις στρατιώταις τὸν αὐτὸν φόβον παρέσεσθαι. Ἐπεὶ δὲ ἐδόκει καιρὸς εἶναι, ἀπήγγελλεν ὅτι σπένδοιτο, καὶ εὐθὺς ἡγεῖσθαι ἐκέλευε πρὸς τἀπιτήδεια.

Καὶ οἱ μὲν ἡγοῦντο, Κλέαρχος μέντοι ἐπορεύετο τὰς μὲν σπονδὰς ποιησάμενος, τὸ δὲ στράτευμα ἔχων ἐν τάξει, καὶ αὐτὸς ὠπισθοφυλάκει. Καὶ ἐνετύγχανον τάφροις καὶ αὐλῶσιν ὕδατος πλήρεσιν, ὡς μὴ δύνασθαι διαβαίνειν ἄνευ γεφυρῶν· ἀλλ᾽ ἐποιοῦντο διαβάσεις ἐκ τῶν φοινίκων οἳ ἦσαν ἐκπεπτωκότες,

rendre paisiblement à l'endroit où sont les vivres et de s'en pourvoir. «C'est aussi mon avis, dit Cléarque; mais, au lieu de le faire savoir sur-le-champ, je différerai, afin que les envoyés craignent que nous ne rejetions la trêve; et même je ne crois pas mauvais que nos soldats aient la même appréhension. » Quand il croit le moment arrivé, il annonce aux envoyés qu'il accède à la trêve, et les prie de le conduire aussitôt où sont les vivres.

Ils le conduisent. Cléarque se met donc en marche après avoir conclu la trêve, l'armée en ordre de bataille, et lui-même à l'arrière-garde. On rencontre des fossés et des canaux si pleins d'eau qu'on ne peut les passer sans ponts; on en fait à la hâte soit avec des palmiers tombés d'eux-mêmes, soit avec ceux que l'on coupe.

καὶ ἐλθεῖν τε	et d'être allé aussi
ἐπὶ τὰ ἐπιτήδεια,	vers les choses nécessaires,
καὶ λαβεῖν	et de *les* avoir prises
κατὰ ἡσυχίαν.	en tranquillité (paisiblement).
Ὁ δὲ Κλέαρχος εἶπε·	Mais Cléarque dit :
ταῦτα μὲν	Ces choses d'une-part
δοκεῖ καὶ ἐμοί·	paraissent-bonnes aussi-à-moi ;
οὐ μέντοι ἀπαγγελῶ	cependant je n'annoncerai pas
ταχύ γε,	promptement du moins,
ἀλλὰ διατρίψω	mais je différerai
ἔστε οἱ ἄγγελοι	jusqu'à ce que les envoyés
ὀκνήσωσιν ἂν	aient craint
μὴ ἀποδόξῃ ἡμῖν	qu'il n'ait-pas-paru-bon à nous
ποιήσασθαι τὰς σπονδάς·	d'avoir fait les trêves ;
οἶμαι μέντοι γε,	je pense cependant certes,
ἔφη,	dit-il,
τὸν αὐτὸν φόβον παρέσεσθαι	la même crainte devoir être
καὶ τοῖς ἡμετέροις στρατιώταις.	aussi à nos soldats.
Ἐπεὶ δὲ	Et après que
καιρὸς ἐδόκει εἶναι,	le moment-favorable paraissait être,
ἀπήγγελλεν	il annonçait
ὅτι σπένδοιτο,	qu'-une-trêve-existait,
καὶ ἐκέλευ·	et il engageait
ἡγεῖσθαι εὐθὺς	à conduire aussitôt
πρὸς τὰ ἐπιτήδεια.	vers les choses nécessaires.
Καὶ οἱ μὲν ἡγοῦντο,	Et ceux-ci d'une-part conduisaient,
Κλέαρχος μέντοι ἐπορεύετο	Cléarque cependant marchait
ποιησάμενος μὲν τὰς σπονδάς,	ayant fait d'une-part les trêves,
ἔχων δὲ τὸ στράτευμα	ayant d'autre-part l'armée,
ἐν τάξει,	en rang,
καὶ αὐτὸς ὠπισθοφυλάκει.	et lui-même était-à-l'arrière-garde.
Καὶ ἐνετύγχανον	Et ils rencontraient
τάφροις καὶ αὐλῶσιν	des fossés et des canaux
πλήρεσιν ὕδατος,	pleins d'eau
ὡς μὴ δύνασθαι	au-point-de ne pouvoir
διαβαίνειν ἄνευ γεφυρῶν·	traverser sans ponts ; [passage
ἀλλὰ ἐποιοῦντο διαβάσεις	mais ils faisaient des-moyens-de-
ἐκ τῶν φοινίκων	des (avec les) palmiers
οἳ ἦσαν ἐκπεπτωκότες,	qui étaient tombés,
καὶ ἐξέκοπτον τοὺς δέ.	et ils coupaient les autres.

τοὺς δὲ καὶ ἐξέκοπτον· Καὶ ἐνταῦθα ἦν Κλέαρχον καταμαθεῖν
ὡς ἐπεστάτει, ἐν μὲν τῇ ἀριστερᾷ χειρὶ τὸ δόρυ ἔχων, ἐν δὲ τῇ
δεξιᾷ βακτηρίαν· καὶ εἴ τις αὐτῷ δοκοίη τῶν πρὸς τοῦτο τεταγμένων βλακεύειν, ἐκλεγόμενος τὸν ἐπιτήδειον, ἔπαισεν ἄν, καὶ
ἅμα αὐτὸς προσελάμβανεν εἰς τὸν πηλὸν ἐμβαίνων· ὥστε πᾶσιν
αἰσχύνην εἶναι μὴ οὐ συσπουδάζειν. Καὶ ἐτάχθησαν μὲν πρὸς
αὐτοῦ οἱ τριάκοντα ἔτη γεγονότες· ἐπεὶ δὲ καὶ Κλέαρχον ἑώρων
σπουδάζοντα, προσελάμβανον καὶ οἱ πρεσβύτεροι. Πολὺ δὲ μᾶλλον ὁ Κλέαρχος ἔσπευδεν, ὑποπτεύων μὴ ἀεὶ οὕτω πλήρεις εἶναι τὰς τάφρους ὕδατος· οὐ γὰρ ἦν ὥρα οἵα τὸ πεδίον ἄρδειν·
ἀλλ' ἵνα ἤδη πολλὰ προφαίνοιτο τοῖς Ἕλλησι δεινὰ εἰς τὴν πο-

C'est là qu'on put voir quel général était Cléarque. De la main gauche il tenait une pique, de la droite un bâton. Si quelque soldat
commandé pour cette besogne montre de la paresse, il le frappe et
il en choisit un autre plus capable; lui-même il met la main à
l'œuvre, en entrant dans la boue, si bien que chacun aurait rougi
de ne pas montrer la même ardeur. Il n'avait employé à cet ou-
vrage que des hommes qui n'avaient pas dépassé trente ans; mais
quand on voit l'activité de Cléarque, les plus âgés se mettent
aussi de la partie. Cléarque d'ailleurs se hâtait d'autant plus qu'il
soupçonnait que les fossés n'étaient pas toujours aussi pleins d'eau,
vu qu'on n'était point à l'époque où l'on arrose la campagne; mais
il présumait que, pour faire croire dès à présent aux Grecs qu'il y

Καὶ ἐνταῦθα ἦν	Et là (alors) il était-possible
καταμαθεῖν Κλέαρχον	d'avoir remarqué Cléarque
ὡς ἐπεστάτει,	comme il commandait,
ἔχων τὸ δόρυ	ayant la (sa lance)
ἐν μὲν τῇ ἀριστερᾷ	d'une-part dans la *main* gauche
βακτηρίαν δὲ	d'autre-part un bâton
ἐν τῇ δεξιᾷ·	dans la droite;
καὶ εἴ τις	et si quelqu'un
τῶν τεταγμένων πρὸς τοῦτο	de ceux commandés pour cela
δοκοίη αὐτῷ βλακεύειν,	paraissait à lui être mou,
ἐκλεγόμενος τὸν ἐπιτήδειον,	choisissant le capable (un autre plus
ἔπαισεν ἄν,	il frappait *le premier*, [capable),
καὶ αὐτὸς ἅμα	et lui-même en-même-temps
ἐμβαίνων εἰς τὸν πηλὸν	entrant dans la boue [vre);
προσελάμβανεν·	s'appliquait (mettait la main à l'œu-
ὥστε αἰσχύνην εἶναι πᾶσι	de sorte que honte être à tous
οὐ μὴ συσπουδάζειν.	de ne pas faire-d'-efforts-avec *lui*.
Καὶ οἱ γεγονότες	Et ceux qui-étaient âgés
τριάκοντα ἔτη	de trente ans
ἐταχθήσαν μὲν	avaient été commandés d'une-part
πρὸς αὐτοῦ·	par lui;
ἐπεὶ δὲ οἱ πρεσβύτεροι	mais après que les plus vieux
ἑώρων καὶ Κλέαρχον	voyaient même Cléarque
σπουδάζοντα,	s'efforçant, [à l'œuvre) aussi.
καὶ προσελάμβανον.	ils s'appliquaient (mettaient la main
Κλέαρχος δὲ	Cléarque d'autre-part
ἔσπευδε πολὺ μᾶλλον,	se hâtait beaucoup plus,
ὑποπτεύων τὰς τάφρους	soupçonnant les fossés
μὴ εἶναι ἀεὶ	n'être pas toujours
οὕτω πλήρεις ὕδατος·	tellement pleins d'eau;
οὐ γὰρ ὥρα ἦν	car la saison n'était pas
οἵα ἄρδειν	telle-qu'*elle doit être pour* arroser
τὸ πεδίον·	la plaine;
ἀλλὰ ὑπώπτευεν βασιλέα	mais il soupçonnait le roi
ἀφεικέναι τὸ ὕδωρ	avoir lâché l'eau
ἐπὶ τὸ πεδίον	vers la plaine
ἕνεκα τούτου	à cause de ceci
ἵνα ἤδη	afin que déjà
πολλὰ δεινὰ	beaucoup de choses effrayantes
εἰς τὴν πορείαν	pour la marche

ρείαν, τούτου ἕνεκα βασιλέα ὑπώπτευεν ἐπὶ τὸ πεδίον τὸ ὕδωρ ἀφεικέναι.

Πορευόμενοι δὲ ἀφίκοντο εἰς κώμας, ὅθεν ἀπέδειξαν οἱ ἡγεμόνες λαμβάνειν τὰ ἐπιτήδεια· ἐνῆν δὲ σῖτος πολὺς καὶ οἶνος φοινίκων καὶ ὄξος ἑψητὸν ἀπὸ τῶν αὐτῶν. Αὗται δὲ αἱ βάλανοι τῶν φοινίκων, οἵας μὲν ἐν τοῖς Ἕλλησιν ἔστιν ἰδεῖν, τοῖς οἰκέταις ἀπέκειντο, αἱ δὲ τοῖς δεσπόταις ἀποκείμεναι ἦσαν ἀπόλεκτοι, θαυμάσιαι τὸ κάλλος καὶ τὸ μέγεθος, ἡ δὲ ὄψις ἠλέκτρου οὐδὲν διέφερε· τὰς δέ τινας ξηραίνοντες τραγήματα ἀπετίθεσαν· καὶ ἦν καὶ παρὰ πότον ἡδὺ μέν, κεφαλαλγὲς δέ. Ἐνταῦθα καὶ τὸν ἐγκέφαλον¹ τοῦ φοίνικος πρῶτον ἔφαγον οἱ στρατιῶται, καὶ οἱ πολλοὶ ἐθαύμασαν τό τε εἶδος καὶ τὴν ἰδιότητα τῆς ἡδονῆς· ἦν δὲ σφόδρα καὶ τοῦτο κεφαλαλγές· ὁ δὲ φοῖνιξ, ὅθεν ἐξαιρεθείη ὁ ἐγκέφαλος, ὅλος αὐαίνετο.

aurait de nombreux obstacles à leur marche, le roi avait fait lâcher cette eau dans la plaine.

En marchant, on arrive aux villages, où les guides avaient indiqué qu'on pourrait prendre des vivres : on y trouve du blé en abondance, du vin de palmier et une boisson acide qu'on tire des fruits. Quant aux dattes mêmes, celles qui ressemblent aux dattes qu'on voit en Grèce, on les laissait aux esclaves; sur la table des maîtres, on n'en servait que de choisies, remarquables par leur beauté et leur grosseur : leur couleur est celle de l'ambre jaune. On en fait sécher aussi, qu'on réserve pour le dessert : c'est un mets délicieux pendant boire, mais il donne mal à la tête. C'est encore là que, pour la première fois, les soldats mangèrent du chou-palmiste. Beaucoup en admirent la forme et le goût agréable qui lui est propre; mais il porte aussi violemment à la tête. Le palmier se sèche entièrement dès qu'on lui enlève le sommet de le tige.

προφαίνοιτο τοῖς Ἕλλησι. | parussent-d'-avance aux Grecs.
Πορευόμενοι δὲ | Et marchant
ἀφίκοντο εἰς κώμας | ils arrivèrent dans des villages,
ὅθεν οἱ ἡγεμόνες ἀπέδειξαν | d'où les guides indiquèrent
λαμβάνειν | de prendre (qu'on pouvait prendre)
τὰ ἐπιτήδεια· | les choses nécessaires;
πολὺς δὲ σῖτος | or beaucoup de blé
ἐνῆν | était-dedans
καὶ οἶνος φοινίκων | et du vin de palmiers
καὶ ὄξος ἑψητὸν | et du vinaigre cuit
ἀπὸ τῶν αὐτῶν. | des mêmes *palmiers*.
Αἱ δὲ βάλανοι αὐταὶ | Et les glands (dattes) mêmes
τῶν φοινίκων, | des palmiers,   [d'*en* voir
οἵας μὲν ἔστιν ἰδεῖν | tels-que d'une-part il est possible
ἐν τοῖς Ἕλλησιν, | chez les Grecs,
ἀπέκειντο τοῖς οἰκέταις,   [ταῖς | étaient réservés aux esclaves,
αἱ δὲ ἀποκείμεναι τοῖς δεσπό- | mais celles réservées aux maîtres
ἦσαν ἀπόλεκτοι, | étaient choisies,
θαυμάσιαι τό τε κάλλος | admirables et *quant* à la beauté
καὶ τὸ μέγεθος, | et *quant* à la grandeur,
ἡ δὲ ὄψις | et l'aspect
διέφερεν οὐδὲν ἠλέκτρου· | ne différait en-rien de l'ambre;
ξηραίνοντες δέ | d'autre-part séchant
τινας τὰς δὲ | quelques autres
ἀπετίθεσαν | ils *les* mettaient-à-part
τραγήματα· | *comme* friandises-de-dessert;
καὶ ἦν ἡδὺ μὲν | et c'était agréable d'une-part
καὶ παρὰ πότον, | aussi pendant la boisson,
κεφαλαλγὲς δέ. | mais faisant-mal-à-la-tête.
Ἐνταῦθα οἱ στρατιῶται | Là les soldats
ἔφαγον πρῶτον | mangèrent pour-la-première-fois
καὶ τὸν ἐγκέφαλον τοῦ φοίνικος, | aussi la tête du palmier,
καὶ οἱ πολλοὶ ἐθαύμασαν | et la plupart admirèrent
τό τε εἶδος | et la forme
καὶ τὴν ἰδιότητα τῆς ἡδονῆς· | et la nature-particulière du plaisir;
καὶ τοῦτο δὲ | or aussi cela   [tête;
ἦν σφόδρα κεφαλαλγές. | était fortement faisant-mal-à-la-
Ὁ δὲ φοίνιξ, | mais le palmier,
ὅθεν ὁ ἐγκέφαλος ἐξαιρεθείη, | d'où la tête avait été arrachée,
αὐαίνετο ὅλος. | était desséché entier.

Ἐνταῦθα ἔμειναν ἡμέρας τρεῖς· καὶ παρὰ μεγάλου βασιλέως ἧκε Τισσαφέρνης καὶ ὁ τῆς βασιλέως γυναικὸς ἀδελφὸς
καὶ ἄλλοι Πέρσαι τρεῖς· δοῦλοι δὲ πολλοὶ εἵποντο· ἐπεὶ δὲ ἀπήντησαν αὐτοῖς οἱ τῶν Ἑλλήνων στρατηγοί, ἔλεγε πρῶτος Τισσαφέρνης δι' ἑρμηνέως τοιάδε· Ἐγώ, ὦ ἄνδρες Ἕλληνες,
γείτων οἰκῶ τῇ Ἑλλάδι, καὶ ἐπεὶ ὑμᾶς εἶδον εἰς πολλὰ κακὰ
καὶ ἀμήχανα ἐμπεπτωκότας, εὕρημα ἐποιησάμην εἴ πως δυναίμην παρὰ βασιλέως αἰτήσασθαι δοῦναι ἐμοὶ ἀποσῶσαι ὑμᾶς εἰς
τὴν Ἑλλάδα· οἶμαι γὰρ ἂν οὐκ ἀχαρίστως μοι ἔχειν οὔτε πρὸς
ὑμῶν οὔτε πρὸς τῆς πάσης Ἑλλάδος. Ταῦτα δὲ γνοὺς ᾐτούμην
βασιλέα, λέγων αὐτῷ ὅτι δικαίως ἄν μοι χαρίζοιτο, ὅτι αὐτῷ
Κῦρόν τε ἐπιστρατεύοντα πρῶτος ἤγγειλα καὶ βοήθειαν ἔχων

On séjourne trois jours dans cet endroit. De la part du grand roi,
arrive Tissapherne, avec le frère de la femme du roi, trois autres
Perses et une suite nombreuse d'esclaves. Les généraux grecs vont
au-devant d'eux, et Tissapherne leur parle ainsi, par son interprète : « Grecs, j'habite un pays voisin de la Grèce : vous voyant
tombés dans des malheurs sans issue, j'ai regardé comme un bon-
heur de pouvoir obtenir du roi la permission que j'ai sollicitée de
vous ramener sains et saufs en Grèce. Je pense que ma conduite ne
trouvera d'ingrats ni chez vous, ni dans la Grèce entière. Dans
cette conviction, j'ai présenté ma requête au roi, en lui disant que
c'est justice de m'accorder cette grâce, ayant été le premier à lui
annoncer la marche de Cyrus, et à lui amener du secours avec cette

Ἔμειναν ἐνταῦθα — Ils restèrent là
τρεῖς ἡμέρας, — trois jours,
Καὶ Τισσαφέρνης ἧκε — et Tissapherne vint
παρὰ μεγάλου βασιλέως — de-la-part-du grand roi
καὶ ὁ ἀδελφὸς — et le frère
τῆς γυναικὸς βασιλέως — de la femme du roi
καὶ τρεῖς ἄλλοι Πέρσαι· — et trois autres Perses;
πολλοὶ δὲ δοῦλοι εἵποντο. [νων — et beaucoup d'esclaves suivaient;
Ἐπεὶ δὲ οἱ στρατηγοὶ τῶν Ἑλλή- — Or après que les stratéges des Grecs
ἀπήντησαν αὐτοῖς, — furent-allés-à-la-rencontre à eux,
Τισσαφέρνης πρῶτος — Tissapherne le premier
ἔλεγε τοιάδε — disait des choses telles
διὰ ἑρμηνέως· — par un interprète :
Ὦ ἄνδρες Ἕλληνες, — O hommes grecs,
ἐγὼ οἰκῶ — moi j'habite
γείτων τῇ Ἑλλάδι — voisin à (de) la Grèce,
καὶ ἐπεὶ εἶδον ὑμᾶς — et après que j'ai vu vous
ἐμπεπτωκότας εἰς κακὰ — étant tombés dans des maux
πολλὰ καὶ ἀμήχανα, — nombreux et sans-issue, |comme)
ἐποιησάμην — j'ai fait-pour-moi (j'ai regardé-
εὕρημα — une trouvaille
εἰ δυναίμην πως — si je pouvais de-quelque-manière
αἰτήσασθαι παρὰ βασιλέως — avoir demandé du (au) roi
δοῦναί μοι — d'avoir donné (de donner) à moi
ἀποσῶσαι ὑμᾶς — d'avoir sauvé (ramené-sains-et-
εἰς τὴν Ἑλλάδα· — dans la Grèce;   [saufs) vous
οἶμαι γὰρ — car je pense   [pas) à moi
οὐκ ἔχειν ἄν μοι — ne devoir pas être (que cela ne serait
ἀχαρίστως — sans-rapporter-de-reconnaissance
οὔτε πρὸς ὑμῶν — ni de la-part-de vous,
οὔτε πρὸς πάσης τῆς Ἑλλάδος. — ni de la-part-de toute la Grèce.
Γνοὺς δὲ ταῦτα — Et ayant pensé ces choses
ᾐτούμην βασιλέα — je demandais au roi
λέγων αὐτῷ ὅτι — disant à lui que
χαρίζοιτο ἄν μοι — il accorderait-cette-grâce à moi
δικαίως, — avec-justice,   [à lui
ὅτι πρῶτος ἤγγειλα αὐτῷ — parce que le premier j'ai annoncé
Κῦρόν τε ἐπιστρατεύοντα, — et Cyrus faisant-une-expédition-
καὶ ἀφικόμην — et je suis venu   [contre,
ἅμα τῇ ἀγγελίᾳ, — avec la (cette) nouvelle,

ἅμα τῇ ἀγγελίᾳ ἀφικόμην, καὶ μόνος τῶν κατὰ τοὺς Ἕλληνας τεταγμένων οὐκ ἔφυγον, ἀλλὰ διήλασα καὶ συνέμιξα βασιλεῖ ἐν τῷ ὑμετέρῳ στρατοπέδῳ, ἔνθα βασιλεὺς ἀφίκετο, ἐπεὶ Κῦρον ἀπέκτεινε, καὶ τοὺς ξὺν Κύρῳ βαρβάρους ἐδίωξα σὺν τοῖσδε τοῖς παροῦσι νῦν μετ’ ἐμοῦ, οἵπερ αὐτῷ εἰσι πιστότατοι. Καὶ περὶ μὲν τούτων ὑπέσχετό μοι βουλεύσασθαι· ἐρέσθαι δέ με ὑμᾶς ἐκέλευσεν ἐλθόντα, τίνος ἕνεκεν ἐστρατεύσατε ἐπ’ αὐτόν. Καὶ συμβουλεύω ὑμῖν μετρίως ἀποκρίνασθαι, ἵνα μοι εὐπρακτότερον ᾖ, ἐάν τι δύνωμαι ἀγαθὸν ὑμῖν παρ’ αὐτοῦ διαπράξασθαι.

Πρὸς ταῦτα μεταστάντες οἱ Ἕλληνες ἐβουλεύοντο καὶ ἀπεκρίναντο, Κλέαρχος δ’ ἔλεγεν · Ἡμεῖς οὔτε συνήλθομεν ὡς βασιλεῖ πολεμήσοντες, οὔτ’ ἐπορευόμεθα ἐπὶ βασιλέα, ἀλλὰ πολλὰς

nouvelle; que seul de tous ceux qui ont été opposés aux Grecs, je n'ai point pris la fuite; mais qu'après m'être frayé un passage, j'ai rejoint le roi dans votre camp, où il s'était porté après avoir tué Cyrus, et que j'ai poursuivi les barbares à la solde de Cyrus avec ces hommes qui sont ici avec moi et qui sont les plus dévoués à sa cause. Le roi m'a promis d'en délibérer; mais il m'a chargé de venir vous demander pourquoi vous avez pris les armes contre lui. Or, je vous conseille de faire une réponse mesurée, afin qu'il me soit plus facile, si toutefois je le puis, d'agir auprès de lui dans votre intérêt. »

Les Grecs s'éloignent, délibèrent, et répondent par la bouche de Cléarque : « Nous ne nous sommes point réunis pour faire la guerre au roi; nous n'avons point marché contre le roi. Mais Cy-

ἔχων βοήθειαν	ayant (amenant) du secours,
καὶ μόνος	et seul
τῶν τεταγμένων ἐπὶ τοὺς Ἕλληνας	de ceux rangés contre les Grec
οὐκ ἔφυγον,	je n'ai pas fui,
ἀλλὰ διήλασα	mais j'ai poussé-à-travers
καὶ συνέμιξα βασιλεῖ	et j'ai rejoint le roi
ἐν τῷ ὑμετέρῳ στρατοπέδῳ,	dans votre camp,
ἔνθα βασιλεὺς ἀφίκετο	là-où le roi était allé
ἐπεὶ ἀπέκτεινε Κῦρον,	après qu'il eut tué Cyrus,
καὶ ἐδίωξα	et j'ai poursuivi
τοὺς βαρβάρους σὺν Κύρῳ	les barbares avec (de) Cyrus
σὺν τοῖςδε	avec ceux-ci
παροῦσι νῦν μετὰ ἐμοῦ,	présents maintenant avec moi,
οἵπερ εἰσὶ	qui sont
πιστότατοι αὐτῷ.	les plus fidèles à lui.
Καὶ μὲν ὑπέσχετό μοι	Et d'une-part il a promis à moi
βουλεύσασθαι περὶ τούτων·	d'avoir délibéré sur ces choses;
ἐκέλευσεν δέ	d'autre-part il a ordonné
με ἐλθόντα	moi étant allé
ἐρέσθαι ὑμᾶς	interroger vous
ἕνεκεν τίνος	à cause de quoi [tre lui.
ἐστρατεύσατε ἐπὶ αὐτόν.	vous avez-fait-une-expédition con·
Καὶ συμβουλεύω ὑμῖν	Et je conseille à vous
ἀποκρίνασθαι μετρίως	d'avoir répondu modérément
ἵνα ᾖ μοι	afin qu'il soit à (pour) moi
εὐπρακτότερον,	plus facile-à-faire,
ἐὰν δύνωμαι διαπράξασθαί	si je puis avoir obtenu
τι ἀγαθὸν ὑμῖν	quelque chose de bon à (pour) vous
παρὰ αὐτοῦ.	de-la-part-de lui.
Οἱ Ἕλληνες	Les Grecs
μεταστάντες πρὸς ταῦτα	s'étant éloignés à ces choses
ἐβουλεύοντο,	délibéraient,
καὶ ἀπεκρίναντο,	et ils répondirent,
Κλέαρχος δὲ ἔλεγεν·	et Cléarque disait :
Ἡμεῖς	Nous
οὔτε συνήλθομεν	ni nous ne nous sommes réunis
ὡς πολεμήσοντες	comme devant-faire-la-guerre
βασιλεῖ,	au roi,
οὔτ' ἐπορευόμεθα	ni nous ne marchions
ἐπὶ βασιλέα,	vers (contre) le roi,

προφάσεις Κῦρος εὕρισκεν, ὡς καὶ σὺ εὖ οἶσθα, ἵνα ὑμᾶς τε
ἀπαρασκευάστους λάβοι καὶ ἡμᾶς ἐνθάδε ἀναγάγοι. Ἐπεὶ μέντοι
ἤδη αὐτὸν ἑωρῶμεν ἐν δεινῷ ὄντα, ᾐσχύνθημεν καὶ θεοὺς καὶ
ἀνθρώπους προδοῦναι αὐτόν, ἐν τῷ πρόσθεν χρόνῳ παρέχοντες
ἡμᾶς αὐτοὺς εὖ ποιεῖν. Ἐπεὶ δὲ Κῦρος τέθνηκεν, οὔτε βασιλεῖ
ἀντιποιούμεθα τῆς ἀρχῆς, οὔτ' ἔστιν ὅτου ἕνεκα βουλοίμεθ' ἂν
τὴν βασιλέως χώραν κακῶς ποιεῖν, οὐδ' αὐτὸν ἀποκτεῖναι ἂν
ἐθέλοιμεν, πορευοίμεθα δ' ἂν οἴκαδε, εἴ τις ἡμᾶς μὴ λυποίη·
ἀδικοῦντα μέντοι πειρασόμεθα σὺν τοῖς θεοῖς ἀμύνασθαι· ἐὰν

rus, tu le sais bien toi-même, a trouvé mille prétextes pour vous
prendre au dépourvu et nous amener ici. Cependant, lorsque nous
le vîmes en péril, la honte nous prit, à la face des dieux et des
hommes, de le trahir, après nous être prêtés auparavant à tout le
bien qu'il nous avait fait. Depuis que Cyrus est mort, nous ne
disputons plus au roi la souveraineté, et nous n'avons aucun
motif de ravager les États du roi. Nous n'en voulons point à
sa vie, et nous retournerions dans notre pays, si personne ne
nous inquiétait; seulement, si l'on nous fait tort, nous essayerons
avec l'aide des dieux, de nous défendre; mais si l'on se montre
généreux à notre égard, nous ferons tout ce qui sera en notre

ἀλλὰ Κῦρος εὕρισκεν	mais Cyrus trouvait,
πολλὰς προφάσεις,	beaucoup de prétextes,
ὡς καὶ σὺ	comme même toi
οἶσθα εὖ,	tu *le* sais bien,
ἵνα λάβοι τε	afin que et il eût pris
ὑμᾶς ἀπαρασκευάστους,	vous non-préparés
καὶ ἀναγάγοι	et qu'il eût amené
ἡμᾶς ἐνθάδε.	nous ici.
Ἐπεὶ μέντοι	Après que cependant
ἑωρῶμεν ἤδη	nous voyions (nous vîmes) déjà
αὐτὸν ὄντα	lui étant
ἐν δεινῷ,	en danger,
ᾐσχύνθημεν	nous rougîmes
καὶ θεοὺς	et *devant* les dieux
καὶ ἀνθρώπους	et *devant* les hommes
προδοῦναι αὐτόν,	d'avoir livré lui, [nous-mêmes
παρέχοντες ἡμᾶς αὐτοὺς	prêtant (nous qui nous prêtions)
ἐν τῷ χρόνῳ πρόσθεν	dans le temps d'-avant [bien.
ποιεῖν εὖ.	pour faire (pour qu'il nous fît) du
Ἐπεὶ δὲ	Mais après que
Κῦρος τέθνηκεν,	Cyrus est mort,
οὔτε ἀντιποιούμεθα	ni nous ne disputons
βασιλεῖ τῆς ἀρχῆς,	au roi l'empire,
οὔτ' ἐστιν	ni il n'est
ἕνεκα ὅτου	à cause de quoi (de motif pour que)
βουλοίμεθα ἂν	nous voulions
ποιεῖν κακῶς	faire mal (du mal)
τὴν χώραν βασιλέως,	au pays du roi,
οὐδὲ ἐθέλοιμεν ἂν	ni nous ne voudrions
ἀποκτεῖναι αὐτόν,	avoir tué lui,
πορευοίμεθα δὲ ἂν	mais nous marcherions
οἴκαδε,	vers-notre-patrie,
εἴ τις	si quelqu'un
μὴ λυποίη ἡμᾶς·	n'incommodait nous;
πειρασόμεθα μέντοι	nous tâcherons cependant
ἀμύνασθαι	d'avoir repoussé
σὺν τοῖς θεοῖς	avec (l'aide des) dieux
ἀδικοῦντα·	*celui* étant-injuste;
ἐὰν μέντοι τις	si cependant quelqu'un
ὑπάρχῃ	est

μέντοι τις ἡμᾶς καὶ εὖ ποιῶν ὑπάρχῃ, καὶ τούτου εἴς γε δύνα-
μ.ν οὐχ ἡττησόμεθα εὖ ποιοῦντες. Ὁ μὲν οὕτως εἶπεν.

Ἀκούσας δὲ ὁ Τισσαφέρνης ἔφη · Ταῦτα ἐγὼ ἀπαγγελῶ βασιλεῖ καὶ ὑμῖν πάλιν τὰ παρ' ἐκείνου · μέχρι δ' ἂν ἐγὼ ἥκω,
αἱ σπονδαὶ μενόντων · ἀγορὰν δὲ ἡμεῖς παρέξομεν. Καὶ εἰς μὲν
τὴν ὑστεραίαν οὐχ ἧκεν · ὥστ' οἱ Ἕλληνες ἐφρόντιζον · τῇ δὲ
τρίτῃ ἥκων ἔλεγεν, ὅτι διαπεπραγμένος ἥκοι παρὰ βασιλέως
δοθῆναι αὐτῷ σώζειν τοὺς Ἕλληνας, καίπερ πάνυ πολλῶν ἀν-
τιλεγόντων, ὡς οὐκ ἄξιον εἴη βασιλεῖ ἀφεῖναι τοὺς ἐφ' ἑαυτὸν
στρατευσαμένους. Τέλος δὲ εἶπε · Καὶ νῦν ἔξεστιν ὑμῖν πιστὰ
λαβεῖν παρ' ἡμῶν μὴν φιλίαν παρέξειν ὑμῖν τὴν χώραν καὶ ἀδό-

pouvoir pour n'être pas vaincus en générosité. » Ainsi parla
Cléarque.

Après l'avoir entendu, Tissapherne reprend : « Je transmettrai
ce discours au roi, et à vous ensuite ses intentions. Jusqu'à mon
retour, que la trêve subsiste ; nous vous fournirons un achat de
vivres. » Le lendemain il ne reparut point : les Grecs déjà étaient
inquiets. Le troisième jour, il vint et dit qu'il avait obtenu du roi
la permission de sauver les Grecs, malgré la résistance d'un grand
nombre, qui prétendaient contraire à la dignité du roi de laisser
aller des gens qui avaient porté les armes contre lui. « Enfin, dit il,
vous pouvez recevoir de nous l'assurance que notre pays ne vous

χαὶ ποιῶν εὖ ἡμᾶς,	et faisant bien (du-bien) à nous,
χαὶ οὐχ ἡττησσόμεθα	et nous ne serons pas inférieurs
τούτου	à celui-ci,
ποιοῦντες εὖ	faisant bien (du-bien),
εἴς γε δύναμιν.	selon du moins *notre* pouvoir.
Ὁ μὲν	Celui-ci d'une-part
εἶπεν οὕτως.	parla ainsi.
Ὁ δὲ Τισσαφέρνης	Mais Tissapherne
ἀκούσας ἔφη·	ayant entendu dit :
Ἐγὼ ἀπαγγελῶ	Moi j'annoncerai
ταῦτα βασιλεῖ	ces choses au roi
χαὶ ὑμῖν πάλιν	et à vous de nouveau
τὰ παρ' ἐχείνου·	les choses de-la-part-de celui-là ;
μέχρι δὲ	et jusqu'-à-ce-que
ἐγὼ ἥχω ἄν,	moi je sois revenu,
αἱ σπονδαὶ μενόντων·	que les trêves subsistent;
ἡμεῖς δὲ παρέξομεν	et nous nous fournirons
ἀγοράν.	un marché-de-vivres.
Καὶ μὲν οὐχ ἧχεν	Et d'une part il ne revint pas
εἰς τὴν ὑστεραίαν·	pour le *jour* d'-après;
ὥστε οἱ Ἕλληνες	de sorte que les Grecs
ἐφρόντιζον·	étaient inquiets;
τῇ δὲ τρίτῃ	mais le troisième *jour*
ἥχων ἔλεγεν	étant revenu il disait
ὅτι ἥχοι	qu'il revenait
διαπεπραγμένος παρὰ βασιλέως	ayant obtenu de-la-part-du roi
δοθῆναι αὐτῷ	être donné à lui
σώζειν τοὺς Ἕλληνας,	de sauver les Grecs, [mes
χαίπερ πάνυ πολλῶν	quoique tout à fait beaucoup *d'hom-*
ἀντιλεγόντων,	parlant-contre,
ὡς οὐκ εἴη	sous-prétexte-qu'il n'était pas
ἄξιον βασιλεῖ	digne pour le roi
ἀφεῖναι	d'avoir laissé-partir
τοὺς στρατευσαμένους	les ayant fait-une-expédition
ἐπὶ ἑαυτόν.	contre lui-même.
Καὶ νῦν	Et maintenant
ἔξεστιν ὑμῖν	il est-permis à vous
λαβεῖν παρὰ ἡμῶν	d'avoir reçu de nous
πιστὰ	des gages (l'assurance) [rons)
παρέξειν	devoir fournir (que nous fourni

λως ἀπάξειν εἰς τὴν Ἑλλάδα ἀγορὰν παρέχοντας· ὅπου δ' ἂν

μὴ ᾖ πρίασθαι, λαμβάνειν ὑμᾶς ἐκ τῆς χώρας ἐάσομεν τὰ ἐπι-

τήδεια. Ὑμᾶς δ' αὖ ἡμῖν δεήσει ὀμόσαι ἦ μὴν πορεύεσθαι ὡς

διὰ φιλίας ἀσινῶς, σῖτα καὶ ποτὰ λαμβάνοντας, ὁπόταν μὴ

ἀγορὰν παρέχωμεν· ἢν δὲ παρέχωμεν ἀγοράν, ὠνουμένους ἕξειν

τὰ ἐπιτήδεια. Ταῦτα ἔδοξε, καὶ ὤμοσαν καὶ δεξιὰς ἔδοσαν Τισ-

σαφέρνης καὶ ὁ τῆς βασιλέως γυναικὸς ἀδελφὸς τοῖς τῶν Ἑλ-

λήνων στρατηγοῖς καὶ λοχαγοῖς καὶ ἔλαβον παρὰ τῶν Ἑλλήνων.

sera point hostile, et que nous vous guiderons loyalement vers la

Grèce, en vous fournissant des achats de vivres. Que si nous ne

vous en fournissons pas, nous vous permettons de prendre sur le

pays même ce qui sera nécessaire à votre subsistance. Mais vous,

de votre côté, il faut que vous nous juriez de passer partout

comme en pays ami, sans coup férir, ne prenant de quoi manger

et de quoi boire que quand nous ne vous en fournirons point

l'achat; et, quand nous vous le fournirons, achetant ce qu'il faut

pour vivre. » Ces conditions sont arrêtées ; on fait serment et l'on

se donne la main, Tissapherne et le frère de la femme du roi aux

stratéges et aux lochages des Grecs, et ceux-ci à Tissapherne. Alors

μὴν ὑμῖν	certes à vous
τὴν χώραν φιλίαν,	le pays ami, [vous conduirons)
καὶ ἀπάξειν	et devoir *vous* conduire (que nous
ἀδόλως	sans-perfidie
εἰς τὴν Ἑλλάδα	dans la Grèce
παρέχοντας	*vous* fournissant
ἀγοράν·	un marché-de-vivres;
ὅπου δὲ	et là-où
μὴ ᾖ ἂν	il ne serait pas-possible
πρίασθαι	d'acheter,
ἐάσομεν ὑμᾶς	nous laisserons vous
λαμβάνειν τὰ ἐπιτήδεια	prendre les choses nécessaires
ἐκ τῆς χώρας.	du pays.
Αὖ δὲ	Et d'un-autre-côté
δεήσει ὑμᾶς	il faudra vous
ὀμόσαι ἡμῖν	avoir juré à nous
πορεύεσθαι ἦ μὴν	de marcher assurément
ἀσινῶς	sans-dégât
ὡς διὰ φιλίας,	comme à travers un *pays* ami,
λαμβάνοντας	prenant
σῖτα καὶ ποτά,	des vivres et des boissons,
ὁπόταν μὴ παρέχωμεν	lorsque nous ne fournirons pas
ἀγοράν,	de marché-de-vivres,
ἢν δὲ παρέχωμεν	mais si nous fournissons
ἀγοράν,	un marché-de-vivres,
ἕξειν	devoir avoir (que vous aurez)
τὰ ἐπιτήδεια	les choses nécessaires
ὠνουμένους.	les achetant.
Ταῦτα ἔδοξε,	Ces choses parurent-bonnes,
καὶ Τισσαφέρνης	et Tissapherne,
καὶ ὁ ἀδελφὸς	et le frère
τῆς γυναικὸς βασιλέως	de la femme du roi
ὤμοσαν	jurèrent
καὶ ἔδοσαν δεξιὰς	et donnèrent leurs *mains* droites
τοῖς στρατηγοῖς	aux stratèges
καὶ λοχαγοῖς	et aux lochages
τῶν Ἑλλήνων,	des Grecs,
καὶ ἔλαβον	et *les* reçurent
παρὰ τῶν Ἑλλήνων.	de la-part des Grecs.
Μετὰ δὲ ταῦτα	Or après ces choses

Μετὰ δὲ ταῦτα Τισσαφέρνης εἶπε· Νῦν μὲν δὴ ἄπειμι ὡς
βασιλέα· ἐπειδὰν δὲ διαπράξωμαι ἃ δέομαι, ἥξω συσκευασά-
μενος ὡς ἀπάξων ὑμᾶς εἰς τὴν Ἑλλάδα καὶ αὐτὸς ἀπιὼν ἐπὶ
τὴν ἐμαυτοῦ ἀρχήν.

IV. Μετὰ ταῦτα περιέμενον Τισσαφέρνην οἵ τε Ἕλληνες
καὶ Ἀριαῖος ἐγγὺς ἀλλήλων ἐστρατοπεδευμένοι ἡμέρας πλείους
ἢ εἴκοσιν· ἐν δὲ ταύταις ἀφικνοῦνται πρὸς Ἀριαῖον καὶ οἱ ἀδελφοὶ καὶ οἱ ἄλλοι ἀναγκαῖοι καὶ πρὸς τοὺς σὺν ἐκείνῳ Περσῶν
τινες, παρεθάρρυνόν τε καὶ δεξιὰς ἔνιοι παρὰ βασιλέως ἔφερον
μὴ μνησικακήσειν βασιλέα αὐτοῖς τῆς σὺν Κύρῳ ἐπιστρατείας,
μηδὲ ἄλλου μηδενὸς τῶν παρῳχημένων. Τούτων δὲ γιγνομένων
ἔνδηλοι ἦσαν οἱ περὶ Ἀριαῖον ἧττον προσέχοντες τοῖς Ἕλλησι
τὸν νοῦν ὥστε καὶ διὰ τοῦτο τοῖς μὲν πολλοῖς τῶν Ἑλλήνων οὐκ

Tissapherne leur dit : «Maintenant je retourne auprès du roi;
quand j'aurai terminé ce que je dois faire, je reviendrai avec mes
équipages pour vous ramener en Grèce et retourner moi-même
dans mon gouvernement. »

IV. Après cela, les Grecs et Ariée, campés les uns près des autres, attendent Tissapherne plus de vingt jours. Pendant ce temps,
Ariée reçoit les visites de ses frères et autres parents : des Perses
viennent également trouver ceux qui étaient avec lui pour les ras-
surer, et quelques-uns mêmes leur promettent sur la foi du roi que le
roi ne se souvient plus de leur alliance avec Cyrus, ni de rien de ce
qui s'est passé. Les choses en étant à ce point, on s'aperçoit bientôt
qu'Ariée et ses soldats ont moins d'égards pour les Grecs, si bien que

Τισσαφέρνης εἶπε· — Tissapherne dit :
Νῦν μὲν δὴ — Maintenant d'une-part certes
ἄπειμι ὡς βασιλέα· — je pars vers le roi;
ἐπειδὰν δὲ διαπράξωμαι — mais après que j'aurai terminé
ἃ δέομαι, — les choses que j'ai besoin *de terminer*
ἥξω συσκευασάμενος· — je reviendrai ayant-fait-mon-paquet
ὡς ἀπάξων ὑμᾶς — comme devant emmener vous
εἰς τὴν Ἑλλάδα, — vers la Grèce,
καὶ αὐτὸς ἀπιὼν — et moi-même devant partir
ἐπὶ τὴν ἀρχὴν — vers le gouvernement
ἐμαυτοῦ. — de moi-même.

IV. Μετὰ ταῦτα — IV. Après ces choses
οἵ τε Ἕλληνες — et les Grecs
καὶ Ἀριαῖος — et Ariée
ἐστρατοπεδευμένοι — étant campés
ἐγγὺς ἀλλήλων — près les-uns-des-autres
περιέμενον Τισσαφέρνην — attendaient Tissapherne
ἡμέρας πλείους ἢ εἴκοσιν· — des jours plus nombreux que vingt;
ἐν δὲ ταύταις — or dans ces *jours*
καὶ οἱ ἀδελφοὶ — et les (ses) frères
καὶ οἱ ἄλλοι ἀναγκαῖοι — et les (ses) autres parents
ἀφικνοῦνται πρὸς Ἀριαῖον — viennent vers Ariée
καί τινες Περσῶν — et quelques-uns des Perses [lui,
πρὸς τοὺς σὺν ἐκείνῳ, — *viennent* vers ceux *qui étaient* avec
παρεβάρρυνόν τε, — et ils *les* rassuraient,
καὶ ἔνιοι ἔφερον — et quelques-uns apportaient
δεξιὰς — des *mains* droites (l'assurance)
παρὰ βασιλέως — de-la-part-du roi
βασιλέα μὴ μνησικακήσειν — le roi ne devoir pas conserver-un-
αὐτοῖς — à (contre) eux [mauvais-souvenir
τῆς ἐπιστρατείας — *à cause* de l'expédition
σὺν Κύρῳ, — avec Cyrus
μηδὲ μηδενὸς ἄλλου — ni d'aucune autre
τῶν παρῳχημένων. — des choses passées.
Τούτων δὲ γιγνομένων — Or ces choses ayant-lieu
οἱ περὶ Ἀριαῖον — ceux autour d'Ariée
ἦσαν ἔνδηλοι — étaient manifestes
προσέχοντες ἧττον τὸν νοῦν — appliquant moins l' (leur) esprit
τοῖς Ἕλλησιν· — aux Grecs;
ὥστε καὶ οὐκ ἤρεσκον — de sorte que et ils ne plaisaient pas

ἤρεσκον, ἀλλὰ προσιόντες τῷ Κλεάρχῳ ἔλεγον καὶ τοῖς ἄλλοις στρατηγοῖς· Τί μένομεν; ἢ οὐκ ἐπιστάμεθα ὅτι βασιλεὺς ἡμᾶς ἀπολέσαι ἂν περὶ παντὸς ποιήσαιτο, ἵνα καὶ τοῖς ἄλλοις Ἕλλησι φόβος ᾖ ἐπὶ βασιλέα μέγαν στρατεύειν; Καὶ νῦν μὲν ἡμᾶς ὑπάγεται μένειν διὰ τὸ διεσπάρθαι αὐτῷ τὸ στράτευμα· ἐπὰν δὲ πάλιν ἁλισθῇ αὐτῷ ἡ στρατιά, οὐκ ἔστιν ὅπως οὐκ ἐπιθήσεται ἡμῖν. Ἴσως δέ που ἢ ἀποσκάπτει τι ἢ ἀποτειχίζει, ὡς ἄπορος ᾖ ἡ ὁδός· οὐ γάρ ποτε ἑκών γε βουλήσεται ἡμᾶς ἐλθόντας εἰς τὴν Ἑλλάδα ἀπαγγεῖλαι ὡς ἡμεῖς, τοσοίδε ὄντες, ἐνικῶμεν τὸν βασιλέα ἐπὶ ταῖς θύραις αὐτοῦ καὶ καταγελάσαντες ἀπήλθομεν. Κλέαρχος δὲ ἀπεκρίνατο τοῖς ταῦτα λέγουσιν·

la plupart des Grecs, mécontents de cette conduite, vont trouver Cléarque, ainsi que les autres généraux, et leur disent : « Pourquoi rester ici? Est-ce que nous ne savons pas que le roi payerait bien cher notre perte, afin que les autres Grecs aient peur de faire campagne contre le grand roi? Il nous engage à rester ici, parce que ses troupes sont dispersées; mais qu'il les réunisse, il n'y a pas moyen qu'il ne fonde sur nous. Peut-être creuse-t-il, élève-t-il des murs, pour que la route nous soit impraticable. Jamais de bon cœur il ne voudra que nous retournions en Grèce publier qu'étant si peu nous avons vaincu le roi devant ses portes, et qu'en le narguant nous nous sommes retirés. » Cléarque répond à ces pa-

διὰ τοῦτο	à cause de cela
τοῖς μὲν πολλοῖς	d'un-côté à la plupart
τῶν Ἑλλήνων,	des Grecs,
ἀλλὰ προσιόντες	mais allant-vers
ἔλεγον	ils disaient
τῷ Κλεάρχῳ	à Cléarque
καὶ τοῖς ἄλλοις στρατηγοῖς ·	et aux autres stratéges :
Τί μένομεν ;	Que (pourquoi) restons-nous ?
ἢ οὐκ ἐπιστάμεθα	ou ne savons-nous pas
ὅτι βασιλεὺς	que le roi
ποιήσαιτο ἂν περὶ παντὸς	ferait (estimerait) de tout *prix*
ἀπολέσαι ἡμᾶς,	d'avoir fait-périr nous,
ἵνα φόβος ᾖ	afin que crainte soit
καὶ τοῖς ἄλλοις Ἕλλησι	aussi aux autres Grecs
στρατεύειν	*de* faire-une-expédition
ἐπὶ μέγαν βασιλέα ;	contre le grand roi ?
Καὶ νῦν μὲν	Et maintenant d'une-part
ὑπάγεται ἡμᾶς μένειν	il engage nous-à rester
διὰ τὸ	à cause de ceci
τὸ στράτευμα	l'armée
διεσπάρθαι αὐτῷ ·	avoir été dispersée à lui ;
ἐπὰν δὲ ἡ στρατιὰ	mais après que l'armée [lui,
ἁλισθῇ πάλιν αὐτῷ,	aura été réunie de-nouveau à (pour)
οὐκ ἔστιν ὅπως	il n'est pas comment (possible que)
οὐκ ἐπιθήσεται ἡμῖν.	il n'attaquera (attaque) pas nous.
Ἴσως δὲ	Et peut-être
ἢ ἀποσκάπτει τι	ou creuse-t-il quelque chose
ἢ ἀποτειχίζει που,	ou élève-t-il-un-mur quelque-part,
ὡς ἡ ὁδὸς	afin que la route
ᾖ ἄπορος ·	soit impraticable ;
οὐ γάρ ποτε	car jamais
βουλήσεται ἑκών γε	il ne voudra volontaire du moins
ἡμᾶς ἐλθόντας εἰς τὴν Ἑλλάδα	nous étant allés dans la Grèce
ἀπαγγεῖλαι ὡς ἡμεῖς,	avoir annoncé que nous,
ὄντες τοσοίδε,	étant en-tel-nombre,
ἐνικῶμεν τὸν βασιλέα	nous vainquions (avons vaincu) le roi
ἐπὶ ταῖς θύραις,	auprès des (de ses) portes,
καὶ ἀπήλθομεν	et *que* nous sommes partis
καταγελάσαντες αὐτοῦ.	nous étant moqués de lui.
Κλέαρχος δὲ ἀπεκρίνατο	Or Cléarque répondit

Ἐγὼ ἐνθυμοῦμαι μὲν καὶ ταῦτα πάντα· ἐννοῶ δ' ὅτι, εἰ νῦν ἄπιμεν, δόξομεν ἐπὶ πολέμῳ ἀπιέναι καὶ παρὰ τὰς σπονδὰς ποιεῖν. Ἔπειτα πρῶτον μὲν ἀγορὰν οὐδεὶς παρέξει ἡμῖν οὐδὲ ὅθεν ἐπισιτιούμεθα· αὖθις δὲ ὁ ἡγησόμενος οὐδεὶς ἔσται· καὶ ἅμα ταῦτα ποιούντων ἡμῶν εὐθὺς Ἀριαῖος ἀφεστήξει· ὥστε φίλος ἡμῖν οὐδεὶς λελείψεται, ἀλλὰ καὶ οἱ πρόσθεν ὄντες πολέμιοι ἡμῖν ἔσονται. Ποταμὸς δ' εἰ μέν τις καὶ ἄλλος ἄρα ἡμῖν ἐστι διαβατέος οὐκ οἶδα· τὸν δ' οὖν Εὐφράτην [1] οἴδαμεν ὅτι ἀδύνατον διαβῆναι κωλυόντων πολεμίων. Οὐ μὲν δή, ἂν μάχεσθαί γε δέῃ, ἱππεῖς εἰσιν ἡμῖν σύμμαχοι, τῶν δὲ πολεμίων ἱππεῖς εἰσιν οἱ πλεῖστοι καὶ πλείστου ἄξιοι· ὥστε νικῶντες μὲν τίνα ἂν ἀποκτείναιμεν; ἡττωμένων δὲ οὐδένα οἷόν τε σωθῆναι.

roles : « Et moi aussi je songe à tout cela; mais je réfléchis que, si nous nous en allons maintenant, nous aurons l'air de nous en aller pour faire la guerre, et de rompre la trêve. Dès lors, personne ne nous fournira d'achat de vivres, nous n'aurons plus où trouver du blé, personne ne nous servira de guide. Aussitôt que nous aurons fait cela, Ariée s'éloignera de nous; il ne nous restera plus un ami, et ceux même qui l'étaient auparavant deviendront nos ennemis. Avons-nous quelque autre fleuve à passer, je ne sais; mais ce que nous savons, c'est que l'Euphrate ne peut être traversé quand des ennemis en défendent le passage. S'il faut se battre, nous n'avons pas de cavalerie alliée, tandis que les cavaliers ennemis sont nombreux et bien montés. Ainsi, vainqueurs, nous ne tuons personne; vaincus, pas un n'en réchappe. Je ne

τοῖς λέγουσι ταῦτα ·	à ceux disant ces choses :
Ἐγὼ ἐνθυμοῦμαι μὲν	Moi je songe d'une-part
καὶ πάντα ταῦτα,	aussi à toutes ces choses,
ἐννοῶ δὲ ὅτι,	d'autre-part je réfléchis que,
εἰ ἄπιμεν νῦν,	si nous partons maintenant,
δόξομεν ἀπιέναι	nous paraîtrons partir
ἐπὶ πολέμῳ	pour la guerre
καὶ ποιεῖν	et agir
παρὰ τὰς σπονδάς.	contre les trêves.
Ἔπειτα μὲν πρῶτον	Ensuite d'une-part d'abord
οὐδεὶς παρέξει ἡμῖν	personne ne fournira à nous
ἀγοράν,	un marché-de-vivres [rons;
οὐδὲ ὅθεν ἐπισιτιούμεθα ·	ni d'où nous-nous approvisionne-
αὖθις δὲ οὐδεὶς ἔσται	et d'un-autre-côté personne ne sera
ὁ ἡγησόμενος ·	le devant guider ; [choses
καὶ ἅμα ἡμῶν ποιούντων ταῦτα	et en même-temps nous faisant ces
Ἀριαῖος ἀφεστήξει εὐθύς ·	Ariée s'éloignera aussitôt ;
ὥστε οὐδεὶς φίλος	de sorte qu'aucun ami
λελείψεται ἡμῖν,	n'aura été laissé à nous,
ἀλλὰ καὶ	mais même
οἱ ὄντες πρόσθεν	ceux étant auparavant *amis*
ἔσονται πολέμιοι ἡμῖν.	seront ennemis à nous.
Οὐκ οἶδα δὲ	Or je ne sais pas
εἰ μέν τις ποταμὸς	si d'une-part quelque fleuve
καὶ ἄλλος	autre encore
ἐστὶν ἄρα διαβατέος ἡμῖν ·	est certes à-traverser à nous ,
οἴδαμεν δὲ οὖν	mais nous savons donc (dis-je)
ὅτι ἀδύνατον	qu'il *est* impossible
διαβῆναι τὸν Εὐφράτην	d'avoir traversé l'Euphrate
πολεμίων κωλυόντων.	des ennemis *l'*empêchant.
Ἱππεῖς μὲν σύμμαχοι	D'une-part des cavaliers alliés
οὐκ εἰσιν δὴ ἡμῖν,	ne sont pas certes à nous,
ἂν δέῃ γε μάχεσθαι	s'il faut du moins combattre,
ἱππεῖς δὲ τῶν πολεμίων	d'autre-part les cavaliers des enne-
εἰσὶν οἱ πλεῖστοι	sont les (eux) très-nombreux [mis
καὶ ἄξιοι πλείστου ·	et dignes d'un très-grand *prix*;
ὥστε νικῶντες μὲν	de sorte que vainquant d'une-part
τίνα ἂν ἀποκτείναιμεν,	qui aurions-nous tué?
οἷόν τε δὲ	mais *qu'il n'est* possible
οὐδένα ἡττωμένων	personne de *nous* étant vaincus

Ἐγὼ μὲν οὖν βασιλέα, ᾧ οὕτω πολλά ἐστι τὰ σύμμαχα, εἴπερ προθυμεῖται ἡμᾶς ἀπολέσαι, οὐκ οἶδα ὅ τι δεῖ αὐτὸν ὀμόσαι καὶ δεξιὰν δοῦναι καὶ θεοὺς ἐπιορκῆσαι καὶ τὰ ἑαυτοῦ πιστὰ ἄπιστα ποιῆσαι Ἕλλησί τε καὶ βαρβάροις. Τοιαῦτα πολλὰ ἔλεγεν.

Ἐν δὲ τούτῳ ἧκε Τισσαφέρνης, ἔχων τὴν ἑαυτοῦ δύναμιν ὡς εἰς οἶκον ἀπιὼν καὶ Ὀρόντας[1] τὴν ἑαυτοῦ δύναμιν· ἦγε δὲ καὶ τὴν θυγατέρα τὴν βασιλέως ἐπὶ γάμῳ. Ἐντεῦθεν δὲ ἤδη Τισσαφέρνους ἡγουμένου καὶ ἀγορὰν παρέχοντος ἐπορεύοντο· ἐπορεύετο δὲ καὶ Ἀριαῖος, τὸ Κύρου βαρβαρικὸν ἔχων στράτευμα ἅμα Τισσαφέρνει καὶ Ὀρόντα, καὶ συνεστρατοπεδεύετο σὺν ἐκείνοις. Οἱ δὲ Ἕλληνες ὑφορῶντες τούτους αὐτοὶ ἐφ' ἑαυ-

vois pas non plus pourquoi le roi, qui a tant de moyens de nous perdre, s'il le veut, aurait fait un serment, donné sa main et pris les dieux à témoin pour rendre sa foi suspecte aux Grecs et aux barbares. » Il dit beaucoup d'autres choses semblables.

Sur ce point arrive Tissapherne, ayant avec lui sa troupe, comme pour retourner chez lui, et Orontas également avec sa troupe. Ce dernier emmenait la fille du roi qu'il avait épousée. On part donc, guidés par Tissapherne qui fait trouver à acheter des vivres. Ariée, suivi des troupes barbares de Cyrus, marche avec Tissapherne et Orontas et campe avec eux. Les Grecs, qui se défient d'eux, marchent de leur côté sous la conduite de leurs

σωθῆναι.	avoir été sauvé.
Ἐγὼ μὲν οὖν	Moi d'une-part donc
οὐκ οἶδα βασιλέα,	je ne sais pas le roi,
ᾧ τὰ σύμμαχά	auquel les choses alliées
ἐστιν οὕτω πολλά,	sont si nombreuses,
εἴπερ προθυμεῖται	si-toutefois il désire
ἀπολέσαι ἡμᾶς,	avoir fait-périr nous
ὅ τι δεῖ αὐτὸν	*en* quoi il faut lui
ὁμόσαι	avoir juré,
καὶ δοῦναι δεξιὰν	et avoir donné *sa main* droite
καὶ ἐπιορκῆσαι	et s'être parjuré
θεοὺς	*par* les dieux
καὶ ποιῆσαι τὰ ἑαυτιῦ	et avoir fait les choses de-lui-même
ἄπιστα Ἕλλησί τε	non-croyables et aux Grecs
καὶ βαρβάροις.	et aux barbares.
Ἔλεγε πολλὰ τοιαῦτα.	Il disait beaucoup de choses telles.
Ἐν δὲ τούτῳ	Or sur-cela
Τισσαφέρνης ἧκε,	Tissapherne vint [même
ἔχων τὴν δύναμιν ἑαυτοῦ,	ayant la force (les troupes) de lui-
ὡς ἀπιὼν	comme devant partir
εἰς οἶκον,	vers sa maison (chez lui),
καὶ Ὀρόντας	et Oronte [même;
τὴν δύναμιν ἑαυτοῦ·	*ayant* (la force) les troupes de lui-
ἦγε δὲ καὶ	or il emmenait aussi
τὴν θυγατέρα τὴν βασιλέως	la fille celle du roi
ἐπὶ γάμῳ	en mariage.
Ἐπορεύοντο δὲ ἐντεῦθεν ἤδη	Or ils marchaient de-là déjà
Τισσαφέρνους ἡγουμένου	Tissapherne guidant
καὶ παρέχοντος	et fournissant
ἀγοράν·	un marché-de-vivre;
καὶ δὲ Ἀριαῖος,	et d'autre-part Ariée,
ἔχων τὸ στράτευμα βαρβαρικόν,	ayant l'armée barbare
Κύρου	de Cyrus,
ἐπορεύετο,	marchait,
ἅμα Τισσαφέρνει	avec Tissapherne
καὶ Ὀρόντα |ἐκείνοις·	et Oronte,
καὶ συνεστρατοπεδεύετο σὺν	et il campait avec ceux-là.
Οἱ δὲ Ἕλληνες	Mais les Grecs
ὑφορῶντες τούτους	soupçonnant ceux-ci
ἐχώρουν αὐτοὶ	marchaient eux-mêmes

τῶν ἐχώρουν ἡγεμόνας ἔχοντες· ἐστρατοπεδεύοντο δὲ ἑκάστοτε.
ἀπέχοντες ἀλλήλων παρασάγγην καὶ μεῖον· ἐφυλάττοντο δὲ
ἀμφότεροι ὥσπερ πολεμίους ἀλλήλους, καὶ εὐθὺς τοῦτο ὑποψίαν
παρεῖχεν. Ἐνίοτε δὲ καὶ ξυλιζόμενοι ἐκ τοῦ αὐτοῦ καὶ χόρτον
καὶ ἄλλα τοιαῦτα ξυλλέγοντες πληγὰς ἐνέτεινον ἀλλήλοις· ὥστε
καὶ τοῦτο ἔχθραν παρεῖχε. Διελθόντες δὲ τρεῖς σταθμοὺς ἀφίκοντο πρὸς τὸ Μηδίας καλούμενον τεῖχος[1], καὶ παρῆλθον εἴσω
αὐτοῦ· ἦν δὲ ᾠκοδομημένον πλίνθοις ὀπταῖς ἐν ἀσφάλτῳ κειμέ-
ναις, εὖρος εἴκοσι ποδῶν, ὕψος δὲ ἑκατόν· μῆκος δ' ἐλέγετο
εῖναι εἴκοσι παρασαγγῶν · ἀπέχει δὲ Βαβυλῶνος οὐ πολύ

Ἐντεῦθεν δ' ἐπορεύθησαν σταθμοὺς δύο, παρασάγγας ὀκτώ·
καὶ διέβησαν διώρυχας δύο, τὴν μὲν ἐπὶ γεφύρας, τὴν δ' ἐζευ-

guides. On campe ainsi séparément, à une parasange au plus les
uns des autres; enfin l'on s'observe mutuellement comme ennemis, ce qui fait naître aussitôt des soupçons. Parfois on se ren-
contrait faisant du bois au même endroit, ramassant du fourrage
ou d'autres choses semblables, et l'on se frappait des deux côtés :
nouveau motif de haine. Après trois étapes, on arrive à la muraille qu'on nomme mur de Médie, et on passe au delà. Il est
construit en briques cuites au feu, liées avec de l'asphalte,
sur une largeur de vingt pieds et une hauteur de cent : on la
disait long de vingt parasanges : il est à une petite distance de
Babylone.

De là on fait huit parasanges, en deux étapes, et l'on traverse
deux canaux, l'un sur un pont à demeure, l'autre sur un pont de

ἐπὶ ἑαυτῶν	du côté d'eux-mêmes
ἔχοντες ἡγεμόνας·	ayant des guides;
ἐστρατοπεδεύοντο δὲ	or ils campaient
ἀπέχοντες ἑκάστοτε	étant éloignés chaque-fois
ἀλλήλων	les-uns-des-autres
παρασάγγην καὶ μεῖον·	d'une parasange et moins;
ἀμφότεροι δὲ	et les-uns-et-les-autres
ἐφυλάττοντο ἀλλήλους;	se gardaient les-uns-des-autres
ὥσπερ πολεμίους,	comme d'ennemis,
καὶ τοῦτο παρεῖχεν εὐθὺς	et cela occasionnait aussitôt
ὑποψίαν.	du soupçon.
Ἐνίοτε δὲ καὶ	D'autre-part quelquefois aussi
ξυλιζόμενοι	faisant-du-bois
καὶ ξυλλέγοντες χόρτον	et ramassant du fourrage
ἢ ἄλλα τοιαῦτα	ou d'autres choses telles
ἐκ τοῦ αὐτοῦ,	du même *lieu*,
ἐνέτεινον πληγὰς	ils dirigeaient des coups
ἀλλήλοις,	les uns-contre-les autres,
ὥστε καὶ τοῦτο	de sorte que aussi cela
παρεῖχε ἔχθραν.	occasionnait de l'inimitié.
Διελθόντες δὲ τρεῖς σταθμοὺς	Or ayant parcouru trois étapes
ἀφίκοντο πρὸς τὸ τεῖχος	ils arrivèrent à la muraille
καλούμενον Μηδίας,	appelée de Médie,
καὶ παρῆλθον	et ils passèrent
εἴσω αὐτοῦ·	en-dedans d'elle;
ἦν δὲ ᾠκοδομημένον	or elle était construite
πλίνθοις ὀπταῖς	de briques cuites
κειμέναις ἐν ἀσφάλτῳ,	placées dans de l'asphalte,
εἴκοσι ποδῶν εὖρος	de vingt pieds *quant à* la largeur,
ἑκατὸν δὲ ὕψος·	et de cent *quant à* la hauteur;
μῆκος δὲ ἐλέγετο	et la longueur était dite
εἶναι εἴκοσι παρασαγγῶν·	être de vingt parasanges;
ἀπέχει δὲ οὐ πολὺ	et elle est éloignée non beaucoup
Βαβυλῶνος.	de Babylone.
Ἐντεῦθεν δὲ ἐπορεύθησαν	Et de-là ils marchèrent
δύο σταθμούς,	deux étapes,
ὀκτὼ παρασάγγας·	huit parasanges;
καὶ διέβησαν	et ils traversèrent
δύο διώρυχας,	deux canaux,
τὴν μὲν ἐπὶ γεφύρας,	l'un sur un pont,

γμένην πλοίοις ἑπτά· αὗται δ' ἦσαν ἀπὸ τοῦ Τίγρητος ποταμοῦ· κατετέτμηντο δὲ ἐξ αὐτῶν καὶ τάφροι ἐπὶ τὴν χώραν, αἱ μὲν πρῶται μεγάλαι, ἔπειτα δ' ἐλάττους· τέλος δὲ καὶ μικροὶ ὀχετοί, ὥσπερ ἐν τῇ Ἑλλάδι ἐπὶ τὰς μελίνας. Καὶ ἀφικνοῦνται ἐπὶ τὸν Τίγρητα ποταμόν· πρὸς ᾧ πόλις ἦν μεγάλη καὶ πολυάνθρωπος, ᾗ ὄνομα Σιττάκη[1], ἀπέχουσα τοῦ ποταμοῦ σταδίους πεντεκαίδεκα. Οἱ μὲν οὖν Ἕλληνες παρ' αὐτὴν ἐσκήνησαν ἐγγὺς παραδείσου μεγάλου καὶ καλοῦ καὶ δασέος παντοίων δένδρων· οἱ δὲ βάρβαροι διαβεβηκότες τὸν Τίγρητα, οὐ μέντοιγε καταφανεῖς ἦσαν.

Μετὰ δὲ τὸ δεῖπνον ἔτυχον ἐν περιπάτῳ ὄντες πρὸ τῶν ὅπλων Πρόξενος καὶ Ξενοφῶν[2]· καὶ προσελθὼν ἄνθρωπός τις ἠρώτησε τοὺς προφύλακας ποῦ ἂν ἴδοι Πρόξενον ἢ Κλέαρχον· Μένωνα

sept bateaux. Ces canaux dérivaient du Tigre, et on y avait ouvert des tranchées pour arroser le pays, d'abord larges, puis plus petites, et enfin de petites rigoles telles qu'on en pratique en Grèce dans les champs de mil. On arrive au Tigre. Près de ce fleuve est une ville grande et peuplée, nommée Sitace, à une distance de quinze stades. Les Grecs campent tout auprès, et non loin d'un parc, beau, vaste, planté d'arbres de toute espèce. Les barbares avaient passé le Tigre et ne paraissaient plus.

Après le souper, Proxène et Xénophon se promenaient, par hasard, à la tête du camp en avant des armées. Arrive à eux un homme qui demande aux gardes avancées où il trouvera Proxène ou Cléarque : il ne demandait point Ménon, quoiqu'il vînt de la

τὴν δὲ ἐζευγμένην	l'autre uni
ἑπτὰ πλοίοις·	par sept bateaux ;
αὗται δὲ ἦσαν	or ceux-ci (ces canaux) étaient
ἀπὸ τοῦ ποταμοῦ Τίγρητος·	*dérivant* du fleuve *du* Tigre ;
καὶ δὲ τάφροι	et d'autre-part des fossés
κατετέτμηντο ἐξ αὐτῶν	avaient été coupés (ouverts) d'eux
ἐπὶ τὴν χώραν,	vers le pays,
αἱ μὲν πρῶται μεγάλαι,	les premiers d'un côté grands,
ἔπειτα δὲ ἐλάττους·	et ensuite de moindres ;
τέλος δὲ καὶ	et enfin aussi
μικροὶ ὀχετοί,	de petits conduits,
ὥσπερ ἐν τῇ Ἑλλάδι,	comme dans la Grèce,
ἐπὶ τὰς μελίνας.	pour les millets.
Καὶ ἀφικνοῦνται	Et ils arrivent
ἐπὶ τὸν ποταμὸν Τίγρητα·	vers le fleuve *du* Tigre ;
πρὸς ᾧ πόλις	auprès duquel une ville
μεγάλη καὶ πολυάνθρωπος ἦν	grande et populeuse était,
ᾗ ὄνομα Σιττάκη,	à laquelle nom *était* Sitace,
ἀπέχουσα τοῦ ποταμοῦ	étant éloignée du fleuve
πεντεκαίδεκα σταδίους.	de quinze stades.
Οἱ μὲν οὖν Ἕλληνες	D'une-part donc les Grecs
ἐσκήνησαν παρὰ αὐτήν,	campèrent auprès d'elle,
ἐγγὺς παραδείσου	près d'un parc
μεγάλου καὶ καλοῦ	grand et beau
καὶ δασέος δένδρων	et touffu d' (par des) arbres
παντοίων·	de toute-sorte ;
οἱ δὲ βάρβαροι	d'autre-part les barbares
διαβεβηκότες τὸν Τίγρητα,	ayant passé le Tigre,
οὐκ ἦσαν μέντοιγε	n'étaient pas cependant
καταφανεῖς.	visibles.
Μετὰ δὲ τὸ δεῖπνον	Or après le souper
Πρόξενος καὶ Ξενοφῶν	Proxène et Xénophon
ἔτυχον ὄντες ἐν περιπάτῳ	se trouvèrent étant en promenade
πρὸ τῶν ὅπλων·	devant les armes ;
καί τις ἄνθρωπος προσελθὼν	et un homme s'étant approché
ἠρώτησε	interrogea
τοὺς προφύλακας	les sentinelles-des-avant-postes
ποῦ ἴδοι ἂν	où il aurait vu (pourrait voir)
Πρόξενον ἢ Κλέαρχον·	Proxène ou Cléarque ;
οὐ δὲ ἐζήτει Μένωνα,	et il ne cherchait pas Ménon,

δὲ οὐκ ἐζήτει, καὶ ταῦτα παρ' Ἀριαίου ὢν τοῦ Μένωνος ξένου. Ἐπεὶ δὲ Πρόξενος εἶπεν ὅτι αὐτός εἰμι ὃν ζητεῖς, εἶπεν ὁ ἄνθρωπος τάδε· Ἔπεμψέ με Ἀριαῖος καὶ Ἀρτάοζος[1], πιστοὶ ὄντες Κύρῳ καὶ ὑμῖν εὖνοι, καὶ κελεύουσι φυλάττεσθαι μὴ ὑμῖν ἐπιθῶνται τῆς νυκτὸς οἱ βάρβαροι· ἔστι δὲ στράτευμα πολὺ ἐν τῷ πλησίον παραδείσῳ. Καὶ παρὰ τὴν γέφυραν τοῦ Τίγρητος ποταμοῦ πέμψαι κελεύουσι φυλακήν, ὡς διανοεῖται αὐτὴν λῦσαι Τισσαφέρνης τῆς νυκτός, ἐὰν δύνηται, ὡς μὴ διαβῆτε, ἀλλ' ἐν μέσῳ ἀποληφθῆτε τοῦ ποταμοῦ καὶ τῆς διώρυχος. Ἀκούσαντες ταῦτα ἄγουσιν αὐτὸν παρὰ τὸν Κλέαρχον καὶ φράζουσιν ἃ λέγει· ὁ δὲ Κλέαρχος ἀκούσας ἐταράχθη σφόδρα καὶ ἐφοβεῖτο. Νεανίσκος δέ τις τῶν παρόντων ἐννοήσας εἶπεν, ὡς οὐκ ἀκόλουθα εἴη τό τε ἐπιθήσεσθαι καὶ λύσειν τὴν γέφυραν· δῆλον γὰρ ὅτι ἐπι-

part d'Ariée, hôte de Ménon. Proxène s'étant nommé, cet homme lui dit : « Je suis envoyé d'Ariée et d'Artabaze, gens dévoués à Cyrus, et qui vous veulent du bien : ils vous recommandent de vous tenir sur vos gardes, de peur que les barbares ne vous attaquent cette nuit : il y a beaucoup de troupes dans le parc voisin. Ils vous engagent également à envoyer une garde au pont du Tigre, que Tissapherne a résolu de couper cette nuit, s'il lui est possible, pour vous empêcher de passer et vous prendre entre le fleuve et le canal. » Quand ils ont entendu ce rapport, ils conduisent l'homme à Cléarque et lui rendent compte de ce qu'il a dit Cléarque se sent troublé, épouvanté même à ce récit. Cependant un jeune homme de ceux qui étaient présents, après un moment de réflexion, fait observer qu'il y a désaccord entre l'attaque et la

καὶ ταῦτα	et cela
ὢν παρὰ Ἀριαίου	étant (venant) de-la-part d'Ariée
ξένου τοῦ Μένωνος.	hôte de Ménon.
Ἐπεὶ δὲ ὁ Πρόξενος	Or après que Proxène
εἶπεν ὅτι	eut dit que [cherches,
αὐτός εἰμι ὃν ζητεῖς,	moi-même je suis celui-que tu
ὁ ἄνθρωπος εἶπε τάδε·	l'homme dit ces choses :
Ἀριαῖος ἔπεμψέ με	« Ariée a envoyé moi
καὶ Ἀρτάοζος,	et Artabaze,
ὄντες πιστοὶ Κύρῳ	étant fidèles à Cyrus
καὶ εὔνοι ὑμῖν,	et bienveillants pour vous,
καὶ κελεύουσι φυλάττεσθαι	et ils *vous* engagent à prendre-garde
μὴ οἱ βαρβαροὶ	que les barbares
ἐπιθῶνται ὑμῖν	n'aient attaqué vous
τῆς νυκτός.	la nuit.
Πολὺ δὲ στράτευμά ἐστιν	Or une nombreuse armée est
ἐν τῷ παραδείσῳ πλησίον.	dans le parc d'-auprès.
Καὶ κελεύουσι πέμψαι	Et ils *vous* engagent à avoir envoyé
φυλακὴν παρὰ τὴν γέφυραν	une garde auprès du pont
τοῦ ποταμοῦ Τίγρητος,	du fleuve *du* Tigre,
ὡς Τισσαφέρνους διανοεῖται	attendu que Tissapherne songe
λῦσαι αὐτὴν	à avoir rompu lui (à le rompre)
τῆς νυκτός,	la nuit,
ἐὰν δύνηται,	s'il peut,
ὡς μὴ διαβῆτε,	afin que vous n'ayez pas passé,
ἀλλὰ ἀποληφθῆτε	mais que vous ayez été pris
ἐν μέσῳ τοῦ ποταμοῦ	au milieu du fleuve
καὶ τῆς διώρυχος.	et du canal.
Ἀκούσαντες ταῦτα	Ayant entendu ces choses
ἄγουσιν αὐτὸν	ils mènent lui
παρὰ Κλέαρχον	auprès de Cléarque
καὶ φράζουσιν ἃ λέγει·	et expliquent les choses qu'il dit;
ὁ δὲ Κλέαρχος ἀκούσας	or Cléarque ayant entendu
ἐταράχθη σφόδρα	fut troublé violemment
καὶ ἐφοβεῖτο.	et il craignait.
Τὶς δὲ νεανίσκος	Mais un jeune homme
τῶν παρόντων	de ceux étant présents
ἐννοήσας εἶπεν,	ayant réfléchi dit,
ὡς τό τε ἐπιτιθήσεσθαι	que ceci et devoir attaquer
καὶ λύσειν τὴν γέφυραν	et devoir rompre le pont

τιθεμένους ἢ νικᾶν δεήσει ἢ ἡττᾶσθαι. Ἐὰν μὲν οὖν νικῶσι, τί δεῖ αὐτοὺς λύειν τὴν γέφυραν; οὐδὲ γάρ, ἂν πολλαὶ γέφυραι ὦσιν, ἔχομεν ἂν ὅποι φυγόντες ἡμεῖς σωθεῖμεν· ἐὰν δὲ ἡμεῖς νικῶμεν, λελυμένης τῆς γεφύρας οὐχ ἕξουσιν ἐκεῖνοι ὅποι φύγωσιν· οὐδὲ μὴν βοηθῆσαι πολλῶν ὄντων πέραν οὐδεὶς αὐτοῖς δυνήσεται λελυμένης τῆς γεφύρας.

Ἀκούσας δὲ ταῦτα ὁ Κλέαρχος, ἤρετο τὸν ἄγγελον πόση τις εἴη χώρα ἡ ἐν μέσῳ τοῦ Τίγρητος καὶ τῆς διώρυχος· ὁ δὲ εἶπεν ὅτι πολλή, καὶ κῶμαι ἔνεισι καὶ πόλεις πολλαὶ καὶ μεγάλαι. Τότε δὴ καὶ ἐγνώσθη ὅτι οἱ βάρβαροι τὸν ἄνθρωπον ὑποπέμψαιεν, ὀκνοῦντες μὴ οἱ Ἕλληνες διελόντες τὴν γέφυραν μένοιεν

rupture du pont. « Il est clair que s'ils nous attaquent, ils seront vainqueurs ou vaincus. Vainqueurs, à quoi leur sert de couper le pont? Y en eût-il plusieurs autres, nous ne saurions où nous sauver après une défaite. Si c'est nous qui sommes vainqueurs, le pont rompu, ils n'auront plus où fuir, et ils ne trouveront aucun secours dans les forces nombreuses qu'ils ont sur l'autre rive, du moment que le passage du pont n'existera plus. »

Alors Cléarque demande à l'envoyé de quelle étendue est le pays situé entre le Tigre et le canal. Celui-ci répond que le pays est vaste, avec de nombreux villages et beaucoup de grandes villes. On s'aperçoit alors que les barbares ont envoyé cet homme en sous-main, de crainte que les Grecs, après avoir coupé le

οὐκ εἴη ἀκόλουθα ·	n'étaient pas des choses conséquen-
δῆλον γὰρ	car il *était* évident [tes;
ὅτι δεήσει ἐπιτιθεμένους	qu'il faudra *eux* attaquant
ἢ νικᾶν	ou vaincre
ἢ ἡττᾶσθαι.	ou être vaincus.
Ἐὰν μὲν οὖν νικῶσι,	Si d'une-part donc ils vainquent,
τί δεῖ αὐτοὺς	pourquoi faut-il eux
λύειν τὴν γέφυραν ;	rompre le pont ?
οὐδὲ γὰρ ἔχοιμεν ἄν,	car nous n'aurions pas non-plus,
ἂν γέφυραι πολλαὶ	si des ponts nombreux
ὦσιν,	sont (étaient),
ὅποι ἡμεῖς φυγόντες	où nous ayant fui
σωθεῖμεν ·	nous fussions sauvés ;
ἐὰν δὲ ἡμεῖς νικῶμεν,	mais si nous nous vainquons,
τῆς γεφύρας λελυμένης,	le pont ayant été rompu,
ἐκεῖνοι οὐχ ἕξουσιν	ceux-là n'auront pas
ὅποι φύγωσιν ·	où ils aient fui (puissent fuir);
οὐδὲ μὴν οὐδείς,	ni certes non-plus aucun,
πολλῶν ὄντων	beaucoup étant
πέραν,	au-delà (sur l'autre rive),
δυνήσεται βοηθῆσαι	ne pourra avoir secouru (secourir)
αὐτοῖς	à eux (eux)
τῆς γεφύρας λελυμένης.	le pont ayant été rompu.
Ὁ δὲ Κλέαρχος	Et Cléarque
ἀκούσας ταῦτα	ayant entendu ces choses
ἤρετο τὸν ἄγγελον	interrogeait l'envoyé
πόση τις εἴη χώρα	combien-grand était *le* pays
ἡ ἐν μέσῳ τοῦ Τίγρητος	celui au milieu du Tigre
καὶ τῆς διώρυχος ·	et du fossé ;
ὁ δὲ εἶπεν	et celui-ci dit
ὅτι πολλή,	qu'il *est* grand,
καὶ κῶμαι καὶ πόλεις	et *que* des bourgades et des villes
πολλαὶ καὶ μεγάλαι	nombreuses et grandes
ἔνεισι.	sont-dedans.
Τότε δὴ καὶ ἐγνώσθη	Alors certes il fut reconnu aussi
ὅτι οἱ βάρβαροι	que les barbares
ὑποπέμψαιεν	avaient envoyé-sous-main
τὸν ἄνθρωπον,	l' (cet) homme,
ὀκνοῦντες μὴ οἱ Ἕλληνες	craignant que les Grecs
διελόντες τὴν γέφυραν	ayant détruit le pont

ἐν τῇ νήσῳ, ἐρύματα ἔχοντες ἔνθεν μὲν τὸν Τίγρητα, ἔνθεν δὲ τὴν διώρυχα· τὰ δ' ἐπιτήδεια ἔχοιεν ἐκ τῆς ἐν μέσῳ χώρας πολλῆς καὶ ἀγαθῆς οὔσης, καὶ τῶν ἐργασομένων ἐνόντων, εἶτα δὲ καὶ ἀποστροφὴ γένοιτο, εἴ τις βούλοιτο βασιλέα κακῶς ποιεῖν.

Μετὰ ταῦτα ἀνεπαύοντο· ἐπὶ μέντοι τὴν γέφυραν ὅμως φυλακὴν ἔπεμψαν· καὶ οὔτε ἐπέθετο οὐδεὶς οὐδαμόθεν οὔτε πρὸς τὴν γέφυραν οὐδεὶς ἦλθε τῶν πολεμίων, ὡς οἱ φυλάττοντες ἀπήγγελλον. Ἐπειδὴ δ' ἕως ἐγένετο, διέβαινον τὴν γέφυραν ἐζευγμένην πλοίοις τριάκοντα καὶ ἑπτά, ὡς οἷόν τε μάλιστα πεφυλαγμένως· ἐξήγγελλον γάρ τινες τῶν παρὰ Τιοσαφέρνους Ἑλλήνων ὡς διαβαινόντων μέλλοιεν ἐπιθήσεσθαι· ἀλλὰ ταῦτα μὲν ψευδῆ ἦν· διαβαινόντων μέντοι ὁ Γλοῦς αὐτοῖς ἐπεφάνη

pont, ne restent dans l'île, où ils auraient eu pour retranchement d'un côté le Tigre, de l'autre le canal, avec des vivres assurés, puisque cette espèce d'île était vaste, fertile, peuplée de cultivateurs, offrant, en outre, un asile sûr à quiconque eût voulu inquiéter le roi.

On prend ensuite du repos, tout en envoyant une garde à la tête du pont; mais personne ne l'attaqua; il ne parut même aucun ennemi devant le pont, ainsi que les sentinelles l'assurèrent. Le lendemain, au point du jour, on passe le Tigre sur un pont de trente-sept bateaux, avec toutes les précautions possibles; car des Grecs qui étaient auprès de Tissapherne avaient prévenu qu'on serait attaqué au passage, mais c'était un faux avis. Seulement Glos, avec quelques autres barbares, parut au moment

μένοιεν ἐν τῇ νήσῳ,	ne restassent dans l'île,
ἐχοντες ἐρύματα	ayant *pour* défenses
ἔνθεν μὲν τὸν Τίγρητα,	d'un-côté le Tigre,
ἔνθεν δὲ τὴν διώρυχα·	de-l'-autre-côté le fossé; [saires
ἔχοιεν δὲ τὰ ἐπιτήδεια	et qu'ils n'eussent les choses néces-
ἐκ τῆς χώρας ἐν μέσῳ	du pays *situé* au milieu
οὔσης πολλῆς καὶ ἀγαθῆς,	étant grand et bon,
καὶ τῶν ἐργαιομένων	et ceux devant travailler *la terre*
ἐνόντων,	étant-dedans,
εἶτα δὲ καὶ γένοιτο	et ensuite *qu'*elle ne devînt aussi
ἀποστροφή,	un refuge,
εἴ τις βούλοιτο	si quelqu'un voulait
ποιεῖν κακῶς βασιλέα.	faire mal (du-mal) au roi.
Μετὰ ταῦτα ἀνεπαύοντο·	Après ces choses ils se reposaient;
ἔπεμψαν μέντοι φυλακὴν	ils envoyèrent cependant une garde
ἐπὶ τὴν γέφυραν·	vers le pont;
καὶ οὔτε οὐδεὶς	et ni aucun
ἐπέθετο οὐδαμόθεν,	n'attaqua d'aucun-côté,
οὔτε οὐδεὶς τῶν πολεμίων	ni aucun des ennemis
ἦλθε πρὸς τὴν γέφυραν,	ne vint vers le pont,
ὡς οἱ φυλάττοντες	comme ceux qui-gardaient
ἀπήγγελλον.	annonçaient.
Ἐπειδὴ δὲ ἕως	Mais après que l'aurore
ἐγένετο,	fut,
διέβαινον τὴν γέφυραν	ils passaient le pont
ἐζευγμένην τριάκοντα καὶ ἕπτα	joint (fait) de trente et sept
πλοίοις,	bateaux,
πεφυλαγμένως	avec-précaution
ὡς οἷόν τε μάλιστα·	comme il *était* possible le plus;
τινὲς γὰρ τῶν Ἑλλήνων	car quelques-uns des Grecs
παρὰ Τισσαφέρνους	d'auprès de Tissapherne
ἐξήγγελλον,	annonçaient,
ὡς διαβαινόντων	que *eux* passant,
μέλλοιεν ἐπιθήσεσθαι·	on devait *les* attaquer;
ἀλλὰ ταῦτα μὲν	mais ces choses d'une-part
ἦν ψευδῆ·	étaient fausses;
διαβαινόντων μέντοι	cependant *eux* passant,
ὁ Γλοῦς μετὰ ἄλλων	Glos avec d'autres
ἐπεφάνη αὐτοῖς,	se montra à eux,
σκοπῶν εἰ διαβαίνοιεν	examinant si ils passaient

μετ' ἄλλων, σκοπῶν εἰ διαβαίνοιεν τὸν ποταμόν· ἐπειδὴ δὲ εἶδεν, ᾤχετο ἀπελαύνων.

Ἀπὸ δὲ τοῦ Τίγρητος ἐπορεύθησαν σταθμοὺς τέτταρας, παρασάγγας εἴκοσιν, ἐπὶ τὸν Φύσκον[1] ποταμόν, τὸ εὖρος πλέθρου[2]·
ἐπῆν δὲ γέφυρα. Καὶ ἐνταῦθα πόλις ᾠκεῖτο μεγάλη, ᾗ ὄνομα
Ὦπις· πρὸς ἣν ἀπήντησε τοῖς Ἕλλησιν ὁ Κύρου καὶ Ἀρταξέρξου
νόθος ἀδελφός[3], ἀπὸ Σούσων[4] καὶ Ἐκβατάνων[5] στρατιὰν πολλὴν
ἄγων ὡς βοηθήσων βασιλεῖ· καὶ ἐπιστήσας τὸ ἑαυτοῦ στράτευμα παρερχομένους τοὺς Ἕλληνας ἐθεώρει. Ὁ δὲ Κλέαρχος
ἡγεῖτο μὲν εἰς δύο[6], ἐπορεύετο δὲ ἄλλοτε καὶ ἄλλοτε ἐφιστάμε-
νος· ὅσον δὲ ἂν χρόνον τὸ ἡγούμενον τοῦ στρατεύματος ἐπιστήσειε, τοσοῦτον ἦν ἀνάγκη χρόνον δι' ὅλου τοῦ στρατεύματος
γίγνεσθαι τὴν ἐπίστασιν· ὥστε τὸ στράτευμα καὶ αὐτοῖς τοῖς
Ἕλλησι δόξαι πάμπολυ εἶναι, καὶ τὸν Πέρσην ἐκπεπλῆχθαι
θεωροῦντα.

où l'on passait regarda si l'on traversait, et, l'ayant vu, s'éloigna
au galop.

Des bords du Tigre, on fait vingt parasanges en quatre étapes
et l'on arrive au fleuve Physcus, large d'un plèthre : il y a un
pont. En cet endroit s'élève une grande ville nommée Opis. Les
Grecs y rencontrent le frère naturel de Cyrus et d'Artaxercès,
amenant de Suse et d'Ecbatane une armée considérable au secours
du roi. Il fait faire halte à son armée et regarde passer les Grecs.
Cléarque, qui était en tête, fait défiler ses hommes deux à deux,
et commande de temps à autre un moment d'arrêt. Ainsi, toutes
les fois que la tête de la colonne s'arrête, le reste de la colonne
en fait autant : de cette manière elle parut très-nombreuse aux Grecs
eux-mêmes, et le Perse qui la regardait, fut frappé d'étonnement.

τὸν ποταμόν·
ἐπειδὴ δὲ εἶδεν,
ᾤχετο ἀπελαύνων.
Ἀπὸ δὲ τοῦ Τίγρητος
ἐπορεύθησαν τέτταρας σταθμούς,
εἴκοσιν παρασάγγας,
ἐπὶ τὸν ποταμὸν Φύσκον,
πλέθρου τὸ εὖρος·
γέφυρα δὲ ἐπῆν.
Καὶ ἐνταῦθα πόλις μεγάλη,
ᾗ ὄνομα Ὦπις,
ᾤκεῖτο·
πρὸς ἣν
ὁ ἀδελφὸς νόθος
Κύρου καὶ Ἀρταξέρξου,
ἀγὼν στρατιὰν πολλὴν
ἀπὸ Σούσων καὶ Ἐκβατάνων
ὡς βοηθήσων
βασιλεῖ
ἀπήντησε τοῖς Ἕλλησι·
καὶ ἐπιστήσας
τὸ στράτευμα· ἑαυτοῦ
ἐθεώρει
τοὺς Ἕλληνας παρερχομένους.
Ὁ δὲ Κλέαρχος ἡγεῖτο μὲν
εἰς δύο.
ἄλλοτε δὲ ἐπορεύετο,
καὶ ἄλλοτε ἐφιστάμενος·
ὅσον δὲ χρόνον
ἐπιστήσειε ἂν
τὸ ἡγούμενον
τοῦ στρατεύματος,
τοσοῦτον χρόνον
ἀνάγκη ἦν
τὴν ἐπίστασιν γίγνεσθαι
διὰ ὅλου τοῦ στρατεύματος·
ὥστε τὸ στράτευμα
δόξαι εἶναι πάμπολυ
καὶ τοῖς Ἕλλησι αὐτοῖς,
καὶ τὸν Πέρσην

le fleuve;
et après qu'il eut vu,
il partait poussant *son cheval*
Or du Tigre
ils marchèrent quatre étapes,
vingt parasanges,
vers le fleuve Physcus,
d'un plèthre *quant* à la largeur;
et un pont était-dessus.
Et là une ville grande
à laquelle *était* nom Opis,
était habitée;
auprès de laquelle
le frère bâtard
de Cyrus et d'Artaxercès,
amenant une armée nombreuse
de Suse et d'Ecbatane,
comme devant secourir
au (le) roi
rencontra les Grecs;
et ayant arrêté
l'armée de lui-même
il regardait
les Grecs passant.   [part
Or Cléarque marchait-en-tête d'une
sur deux *hommes*,
et tantôt il marchait,
et tantôt s'arrêtant;
et autant de temps que
il arrêtait
ce qui-marchait-en-tête
de l'armée
autant de temps
nécessité était
la halte avoir-lieu
à travers toute l'armée;
de sorte que l'armée   [breuse
avoir paru être tout-à-fait-nom-
aussi aux Grecs eux-mêmes,
et le Perse

Ἐντεῦθεν δὲ ἐπορεύθησαν διὰ τῆς Μηδίας σταθμοὺς ἐρήμους ἕξ, παρασάγγας τριάκοντα, εἰς τὰς Παρυσάτιδος[1] κώμας τῆς Κύρου καὶ βασιλέως μητρός. Ταύτας Τισσαφέρνης Κύρῳ ἐπεγγελῶν διαρπάσαι τοῖς Ἕλλησιν ἐπέτρεψε πλὴν ἀνδραπόδων· ἐνῆν δὲ σῖτος πολὺς καὶ πρόβατα καὶ ἄλλα χρήματα. Ἐντεῦθεν δ᾽ ἐπορεύθησαν σταθμοὺς ἐρήμους τέτταρας, παρασάγγας εἴκοσι, τὸν Τίγρητα ποταμὸν ἐν ἀριστερᾷ ἔχοντες· ἐν δὲ τῷ πρώτῳ σταθμῷ πέραν τοῦ ποταμοῦ πόλις ᾠκεῖτο μεγάλη καὶ εὐδαίμων ὄνομα Καιναί[2], ἐξ ἧς οἱ βάρβαροι διῆγον ἐπὶ σχεδίαις διφθερίναις ἄρτους, τυρούς, οἶνον.

V. Μετὰ ταῦτα ἀφικνοῦνται ἐπὶ τὸν Ζαπάταν[3] ποταμόν, τὸ εὖρος τεττάρων πλέθρων· καὶ ἐνταῦθα ἔμειναν ἡμέρας τρεῖς· ἐν δὲ ταύταις ὑποψίαι μὲν ἦσαν, φανερὰ δὲ οὐδεμία ἐφαίνετο

De là en six étapes, on fait trente parasanges à travers les déserts de Médie, et l'on arrive aux villages de Parysatis, mère de Cyrus et d'Artaxercès. Tissapherne, pour insulter à Cyrus, permet aux Grecs de les piller, mais avec défense de faire des esclaves. On y trouve beaucoup de blé, de bétail et autre butin. On fait ensuite vingt parasanges en quatre étapes dans le désert, ayant le Tigre à gauche. A la première étape, de l'autre côté du fleuve, on voit une ville grande et florissante, nommée Cænæ, dont les habitants apportent sur des radeaux faits de peaux, du pain, du fromage et du vin.

V. On arrive ensuite au fleuve Zapatas, large de quatre plèthres. On y séjourne quatre jours. On avait bien des soupçons, mais on n'avait la preuve d'aucun piége. Cléarque résout donc de s'abou-

ἐκπεπλῆχθαι θεωροῦντα.
'Εντεῦθεν δὲ ἐπορεύθησαν
διὰ τῆς Μηδίας
ἓξ σταθμοὺς ἐρήμους,
τριάκοντα παρασάγγας,
εἰς τὰς κώμας Παρυσάτιδος
τῆς μητρός
Κύρου καὶ βασιλέως.
Τισσαφέρνης ἐπεγγελῶν Κύρῳ
ἐπέτρεψε τοῖς Ἕλλησι
διαρπάσαι ταύτας·
πλὴν ἀνδραπόδων·
πολὺς δὲ σῖτος
ἐνῆν
καὶ πρόβατα
καὶ ἄλλα χρήματα.
'Εντεῦθεν δὲ ἐπορεύθησαν
τέτταρας σταθμοὺς ἐρήμους,
εἴκοσι παρασάγγας,
ἔχοντες ἐν ἀριστερᾷ
τὸν ποταμὸν Τίγρητα·
ἐν δὲ τῷ πρώτῳ σταθμῷ
πέραν τοῦ ποταμοῦ
πόλις μεγάλη
καὶ εὐδαίμων,
Καιναί ὄνομα
ᾠκεῖτο,
ἐξ ἧς οἱ βάρβαροι
διῆγον ἐπὶ σχεδίαις
διφθερίναις
ἄρτους, τυρούς, οἶνον.
 V. Μετὰ ταῦτα ἀφικνοῦνται
ἐπὶ τὸν ποταμὸν Ζαπάταν,
τεττάρων πλέθρων
τὸ εὖρος·
καὶ ἔμειναν ἐνταῦθα
τρεῖς ἡμέρας·
ἐν δὲ ταύταις
ὑποψίαι μὲν ἦσαν,
οὐδεμία δὲ ἐπιβουλὴ

avoir été frappé-de-crainte en re-
Or de là ils marchèrent [gardant.
à travers la Médie
six étapes désertes,
trente parasanges,
jusqu'aux villages de Parysatis
la mère
de Cyrus et du roi.
Tissapherne insultant à Cyrus
permit aux Grecs
d'avoir pillé (de piller) ceux-ci
à-l'-exception des esclaves;
or beaucoup de blé
était-dedans,
et des troupeaux
et d'autres objets.
Et de là ils marchèrent
quatre étapes désertes,
vingt parasanges,
ayant à gauche
le fleuve *du* Tigre;
et à la première étape
au-delà du fleuve
une ville grande
et opulente,
Cænæ *quant au* nom
était habitée,
de laquelle les barbares
transportaient sur des radeaux
faits-de-peaux
des pains, des fromages, du vin.
 V. Après ces choses ils arrivent
vers le fleuve Zapatas,
de quatre plèthres
quant à la largeur;
et ils restèrent là
trois jours;
or dans ces *jours*
des soupçons d'une-part étaient,
d'autre-part aucune embûche

ἐπιβουλή. Ἔδοξεν οὖν τῷ Κλεάρχῳ συγγενέσθαι τῷ Τισσαφέρνει, εἴ πως δύναιτο παῦσαι τὰς ὑποψίας, πρὶν ἐξ αὐτῶν πόλεμον γενέσθαι· καὶ ἔπεμψέ τινα ἐροῦντα ὅτι συγγενέσθαι
αὐτῷ χρήζοι· ὁ δὲ ἑτοίμως ἐκέλευεν ἥκειν. Ἐπειδὴ δὲ συνῆλ-
θον, λέγει ὁ Κλέαρχος τάδε· Ἐγώ, ὦ Τισσαφέρνη, οἶδα μὲν
ἡμῖν ὅρκους γεγενημένους καὶ δεξιὰς δεδομένας; μὴ ἀδικήσειν
ἀλλήλους· φυλαττόμενον δὲ σέ τε ὁρῶ ὡς πολεμίους ἡμᾶς,
καὶ ἡμεῖς ὁρῶντες ταῦτα ἀντιφυλαττόμεθα. Ἐπεὶ δὲ σκοπῶν οὐ
δύναμαι οὔτε σὲ αἰσθέσθαι πειρώμενον ἡμᾶς κακῶς ποιεῖν,
ἐγώ τε σαφῶς οἶδα ὅτι ἡμεῖς γε οὐδ' ἐπινοοῦμεν τοιοῦτον οὐδέν,
ἔδοξέ μοι εἰς λόγους σοι ἐλθεῖν, ὅπως, εἰ δυναίμεθα, ἐξέλοιμεν

cher avec Tissapherne, pour voir s'il n'était pas possible de dissi-
per les soupçons, avant qu'il en sortît la guerre. Il lui envoie dire
qu'il désire avoir une entrevue avec lui. Tissapherne le prie de venir sur-le-champ. Dès qu'ils sont ensemble, Cléarque lui dit : « Je
sais, Tissapherne, que nous avons juré, la main dans la main, de
ne nous faire mutuellement aucun tort : je vois pourtant que tu
te tiens sur tes gardes avec nous comme avec des ennemis, et
nous, voyant cela, nous nous tenons aussi sur nos gardes. J'ai beau
chercher, je ne puis découvrir que tu aies essayé de nous faire du
mal, et je suis sûr que nous ne formons aucun projet contre toi.
J'ai donc désiré une entrevue, afin que, s'il est possible, nous fas-

ἐφαίνετο φανερά.	ne paraissait visible.
Ἔδοξεν οὖν	Donc il parut-bon
τῷ Κλεάρχῳ	à Cléarque
συγγενέσθαι τῷ Τισσαφέρνει,	de s'être-trouvé-avec Tissapherne,
εἰ δύναιτό πως	s'il pouvait en-quelque-façon
παῦσαι τὰς ὑποψίας,	avoir fait-cesser (faire-cesser) les
πρὶν πόλεμον γενέσθαι	avant la guerre être née [soupçons
ἐξ αὐτῶν·	d'eux ;
καὶ ἔπεμψέ τινα	et il envoya quelqu'un
ἐροῦντα ὅτι χρήζοι	devant dire qu'il avait-besoin
συγγενέσθαι αὐτῷ·	de s'être trouvé-avec lui;
ὁ δὲ ἐκέλευεν	et celui-ci l'engageait
ἥκειν ἑτοίμως.	à venir promptement.
Ἐπειδὴ δὲ συνῆλθον,	Et après qu'ils furent réunis,
ὁ Κλέαρχος	Cléarque
λέγει τάδε·	dit ces choses-ci :
Ὦ Τισσαφέρνη,	O Tissapherne,
ἐγὼ οἶδα μὲν	moi je sais d'une-part
ὅρκους γεγενημένους	des serments ayant-eu lieu (faits)
καὶ δεξιὰς	et des mains-droites
δεδομένας ἡμῖν	données par nous [ferions pas) tort
μὴ ἀδικήσειν	de ne pas devoir faire (que nous ne
ἀλλήλους·	les-uns-aux-autres ;
ὁρῶ δὲ σέ τε	d'autre-part je vois et toi
φυλαττόμενον ἡμᾶς	te-gardant de nous
ὡς πολεμίους,	comme d'ennemis,
καὶ ἡμεῖς ὁρῶντες ταῦτα	et nous voyant ces choses
ἀντιφυλαττόμεθα.	nous nous-gardons-à-notre tour.
Ἐπεὶ δὲ σκοπῶν	Mais après qu'examinant
οὐ δύναμαι	je ne peux
οὔτε αἰσθέσθαι	ni m'être aperçu
σε πειρώμενον	toi t'efforçant
ποιεῖν κακῶς ἡμᾶς,	faire mal (du-mal) à nous,
ἐγώ τε οἶδα σαφῶς	et *que* moi je sais clairement
ὅτι ἡμεῖς γε	que nous du moins
οὐδὲ ἐπινοοῦμεν	nous ne songeons pas non-plus
οὐδὲν τοιοῦτον,	à rien de tel,
ἔδοξέ μοι	il a paru-bon à moi
ἐλθεῖν σοι εἰς λόγους	d'être venu à (avec) toi en discours.
ὅπως, εἰ δυναίμεθα,	afin que, si nous pouvions,

ἀλλήλων τὴν ἀπιστίαν. Καὶ γὰρ οἶδα ἀνθρώπους ἤδη τοὺς μὲν
ἐκ διαβολῆς, τοὺς δὲ καὶ ἐξ ὑποψίας, οἳ φοβηθέντες ἀλλήλους,
φθάσαι βουλόμενοι πρὶν παθεῖν, ἐποίησαν ἀνήκεστα κακὰ
τοὺς οὔτε μέλλοντας οὔτ᾽ αὖ βουλομένους τοιοῦτον οὐδέν. Τὰς
οὖν τοιαύτας ἀγνωμοσύνας νομίζων συνουσίαις μάλιστα ἂν
παύεσθαι, ἥκω καὶ διδάσκειν σε βούλομαι ὡς σὺ ἡμῖν οὐκ ὀρ-
θῶς ἀπιστεῖς. Πρῶτον μὲν γὰρ καὶ μέγιστον, οἱ θεῶν ἡμᾶς
ὅρκοι κωλύουσι πολεμίους εἶναι ἀλλήλοις· ὅστις δὲ τούτων
σύνοιδεν αὑτῷ παρημεληκώς, τοῦτον ἐγὼ οὔποτ᾽ ἂν εὐδαιμονί-
σαιμι· τὸν γὰρ θεῶν πόλεμον οὐκ οἶδα οὔτ᾽ ἀπὸ ποίου ἂν τά-
χους φεύγων τις ἀποφύγοι, οὔτ᾽ εἰς ποῖον ἂν σκότος ἀποδραίη,
οὔθ᾽ ὅπως ἂν εἰς ἐχυρὸν χωρίον ἀποσταίη· πάντη γὰρ πάντα

sions disparaître cette mutuelle défiance : car je vois que les
hommes qui, sur une calomnie ou sur un soupçon, ont peur les
uns des autres et veulent prévenir le mal, causent des maux irré-
parables à des gens qui n'avaient ni les moyens ni l'intention de
nuire. Persuadé qu'une explication peut certainement mettre un
terme à ces malentendus, je viens, et je veux te prouver que tu as
tort de te défier de nous. Avant tout, garantie puissante, nos serments à la face des dieux nous empêchent d'être ennemis. Quiconque a conscience de les avoir violés, est, selon moi, le plus
misérable des hommes. En guerre avec les dieux, je ne sache
point de vitesse qui dérobe à leur poursuite, de ténèbres qui ca-
chent, de forteresse qui mette à l'abri. Partout, tout est soumis aux

ἐξέλοιμεν τὴν ἀπιστίαν	nous fissions-disparaître la défiance
ἀλλήλων.	des-uns-envers-les-autres.
Καὶ γὰρ οἶδα ἀνθρώπους ἤδη	Car je sais des hommes déjà
τοὺς μὲν ἐκ διαβολῆς,	les uns à-la-suite d'une calomnie,
τοὺς δὲ καὶ ἐξ ὑποψίας,	les autres aussi d'un soupçon,
οἳ φοβηθέντες ἀλλήλους,	qui se-craignant les-uns-les-autres,
βουλόμενοι φθάσαι	voulant avoir prévenu
πρὶν παθεῖν,	avant d'avoir souffert,
ἐποίησαν κακὰ ἀνήκεστα	firent des maux irrémédiables
τοὺς οὔτε μέλλοντας	à ceux ni ne devant
οὔτε αὖ βουλομένους	ni d'un-autre-côté ne voulant
οὐδὲν τοιοῦτον.	*faire* rien de tel.
Νομίζων οὖν	Pensant donc
τὰς ἀγνωμοσύνας τοιαύτας	les imprudences telles
παύεσθαι ἂν	pouvoir cesser (qu'elles cesseraient)
μάλιστα συνουσίαις,	surtout par des entrevues,
ἥκω,	je suis venu,
καὶ βούλομαι διδάσκειν σε	et je veux apprendre à toi
ὡς σὺ ἀπιστεῖς ἡμῖν	que toi tu te défies de nous
οὐκ ὀρθῶς.	non bien.
Πρῶτον μὲν γὰρ	Car une première chose d'une-part,
καὶ μέγιστον,	et très-grande (très-importante),
οἱ ὅρκοι θεῶν	les serments des dieux (faits au nom
κωλύουσιν ἡμᾶς εἶναι	empêchent nous être [des dieux)
πολεμίους ἀλλήλοις·	ennemis les-uns-aux-autres;
ὅστις δὲ	mais quiconque
σύνοιδεν αὑτῷ	sait-avec-lui-même (a la conscience)
παρημεληκὼς τούτων,	ayant (d'avoir) négligé ceux-ci,
ἐγὼ οὔποτε	moi jamais
εὐδαιμονίσαιμι ἂν	je n'aurais estimé-heureux
τοῦτον·	celui-ci;
οὐ γὰρ οἶδα	car je ne sais
οὔτε ἀπὸ ποίου τάχους	ni de (par) quelle vitesse
τις φεύγων	quelqu'un fuyant
ἀποφύγοι ἂν	aurait échappé
τὸν πόλεμον θεῶν,	à la guerre des (avec les) dieux,
οὔτε εἰς ποῖον σκότος	ni dans quelles ténèbres
ἀποδραίη ἄν,	il se serait esquivé,
οὔτε ὅπως ἀποσταίη ἂν	ni comment il se serait retiré
εἰς χωρίον ἐχυρόν·	dans une place forte;

τοῖς θεοῖς ὕποχα, καὶ πανταχῇ πάντων ἴσον οἱ θεοὶ κρατοῦσι.

Περὶ μὲν δὴ τῶν θεῶν τε καὶ τῶν ὅρκων οὕτω γιγνώσκω, παρ᾽ οἷς ἡμεῖς τὴν φιλίαν συνθέμενοι κατεθέμεθα· τῶν δ᾽ ἀνθρωπίνων σὲ ἐγὼ ἐν τῷ παρόντι νομίζω μέγιστον εἶναι ἡμῖν ἀγαθόν. Σὺν μὲν γὰρ σοὶ πᾶσα μὲν ὁδὸς εὔπορος, πᾶς δὲ ποταμὸς διαβατός, τῶν τε ἐπιτηδείων οὐκ ἀπορία· ἄνευ δὲ σοῦ πᾶσα μὲν διὰ σκότους ἡ ὁδός· οὐδὲν γὰρ αὐτῆς ἐπιστάμεθα· πᾶς δὲ ποταμὸς δύσπορος, πᾶς δὲ ὄχλος φοβερός, φοβερώτατον δ᾽ ἐρημία· μεστὴ γὰρ πολλῆς ἀπορίας ἐστίν. Εἰ δὲ δὴ καὶ μανέντες σε κατακτεί-

dieux, partout et sur tout les dieux exercent un égal empire. Voilà ce que je pense au sujet des dieux et des serments par lesquels nous nous sommes engagé notre amitié. Passant à des considérations humaines, je te regarde, toi, dans les circonstances présentes, comme notre plus grand bien. Avec toi, tout chemin est ouvert, tout fleuve guéable, nul manque de vivres : sans toi, toute route est ténébreuse, puisque nous n'en connaissons point; tout fleuve infranchissable, toute multitude effrayante, et plus effrayante encore la solitude, toute pleine de privations. Si la fureur nous portait à te faire périr, qu'aurions-nous produit en tuant

πάντη γὰρ πάντα	car partout toutes choses
ὕποχα τοῖς θεοῖς,	*sont* soumises aux dieux,
καὶ οἱ θεοὶ	et les dieux
κρατοῦσιν ἴσον	commandent également
πάντων πανταχῇ.	à toutes choses partout.
Γιγνώσκω οὕτω	Je pense ainsi
περὶ μὲν δὴ	d'une-part touchant certes
τῶν θεῶν τε	et les dieux
καὶ τῶν ὅρκων,	et les serments,
παρὰ οἷς ἡμεῖς	auprès desquels nous
συνθέμενοι τὴν φιλίαν	ayant contracté l'amitié [*vous*;
κατεθέμεθα·	nous nous sommes abandonnés *à*
ἐγὼ δὲ νομίζω	mais moi je crois
σὲ εἶναι ἡμῖν	toi être à (pour) nous
ἐν τῷ παρόντι	dans le présent
μέγιστον ἀγαθὸν	le plus grand bien
τῶν ἀνθρωπίνων.	des choses humaines.
Σὺν μὲν γὰρ σοὶ	Car d'une-part avec toi
πᾶσα μὲν ὁδὸς	toute route d'une-part
εὔπορος,	*est* praticable,
πᾶς δὲ ποταμὸς	d'autre-part tout fleuve
διαβατός,	*est* facile-à-passer,
οὐ τε ἀπορία	et point de pénurie
τῶν ἐπιτηδείων·	des choses nécessaires;
ἄνευ δὲ σοῦ	mais sans toi
πᾶσα μὲν ἡ ὁδὸς	toute la route d'une-part
διὰ σκότους	*est* à travers les ténèbres;
ἐπιστάμεθα γὰρ	car nous *ne* connaissons
οὐδὲν αὐτῆς·	rien d'elle,
πᾶς δὲ ποταμὸς	d'autre-part tout fleuve
δύσπορος,	*est* difficile-à-passer,
πᾶς δὲ ὄχλος φοβερός,	et toute foule effrayante, [frayante;
ἐρημία δὲ φοβερώτατον·	et la solitude la chose la plus ef-
ἐστὶ γάρ μέστη	car elle est pleine
πολλῆς ἀπορίας.	d'une grande pénurie.
Εἰ δὲ δὴ.	Or si certes
καὶ μανέντες	et étant devenus fous
κατακτείναιμέν σε,	nous tuions toi [chose
τι ἄλλο ἂν	*aurions-nous fait* quelque autre
ἢ	*sinon* que

ναιμεν, ἄλλο τι ἂν ἢ τὸν εὐεργέτην κατακτείναντες πρὸς βασιλέα τὸν μέγιστον ἔφεδρον ἀγωνιζοίμεθα; ὅσων δὲ δὴ καὶ οἵων
ἂν ἐλπίδων ἐμαυτὸν στερήσαιμι, εἴ σέ τι κακὸν ἐπιχειρήσαιμι
ποιεῖν, ταῦτα λέξω.

Ἐγὼ γὰρ Κῦρον ἐπεθύμησά μοι φίλον γενέσθαι, νομίζων
τῶν τότε ἱκανώτατον εἶναι εὖ ποιεῖν ὃν βούλοιτο· σὲ δὲ νῦν
ὁρῶ τήν τε Κύρου δύναμιν καὶ χώραν ἔχοντα καὶ τὴν σεαυτοῦ
ἀρχὴν σώζοντα, τὴν δὲ βασιλέως δύναμιν, ᾗ Κῦρος πολεμία
ἐχρῆτο, σοὶ ταύτην σύμμαχον οὖσαν. Τούτων δὲ τοιούτων ὄντων, τίς οὕτω μαίνεται, ὅστις οὐ βούλεταί σοι φίλος εἶναι;
Ἀλλὰ μὴν ἐρῶ γὰρ καὶ ταῦτα, ἐξ ὧν ἔχω ἐλπίδας καὶ σὲ βουλήσεσθαι φίλον ἡμῖν εἶναι· οἶδα μὲν γὰρ ὑμῖν Μυσοὺς [1] λυπηροὺς ὄντας, οὓς νομίζω ἂν σὺν τῇ παρούσῃ δυνάμει ταπεινοὺς

notre bienfaiteur, qu'une lutte avec le roi, le vengeur le plus ter-
rible? Mais encore, de quelles espérances je me priverais moi-
même, si j'essayais de te faire du mal, je vais te le dire.

« J'ai souhaité d'être l'ami de Cyrus, par ce que je croyais trouver en lui l'homme de son temps le plus en état de faire du bien
à qui il voudrait. Je te vois aujourd'hui maître du pouvoir et du
domaine de Cyrus, sans perdre pour cela ton propre gouvernement;
je vois que cette puissance royale, dont Cyrus s'était fait une ennemie, est, au contraire, une alliée pour toi. Cela étant, qui serait
assez fou pour ne pas désirer être ton ami? Mais il y a plus, et je
vais te dire d'où me vient l'espoir que tu voudras aussi devenir le
nôtre. Je sais que les Mysiens vous inquiètent; j'espère, avec les
forces dont je dispose, les réduire à votre soumission. J'en dis au-

κατακτείναντες τὸν εὐεργέτην — ayant tué le (notre) bienfaiteur
ἀγωνιζοίμεθα πρὸς βασιλέα — nous luttions contre le roi
τὸν μέγιστον ἔφεδρον; — le plus grand vengeur ?
Ὅσων δὲ δὴ — Or de combien certes
καὶ οἵων ἐλπίδων — et de quelles espérances
στερήσαιμι ἂν ἐμαυτόν, — j'aurais privé moi-même,
εἰ ἐπιχειρήσαιμι — si j'avais entrepris
ποιεῖν σέ τι κακόν, — de faire à toi quelque mal,
λέξω ταῦτα. — je dirai ces choses.
Ἐγὼ γὰρ ἐπεθύμησα — Car moi j'ai désiré
Κῦρον γενέσθαι — Cyrus être devenu
φίλον μοι, — ami à moi,
νομίζων εἶναι ἱκανώτατον — pensant *lui* être le plus capable
τῶν τότε — de ceux d'alors
ποιεῖν εὖ — de faire bien (du-bien)
ὃν βούλοιτο· — à qui il voudrait ;
νῦν δὲ ὁρῶ σε — mais maintenant je vois toi
ἔχοντα τήν τε δύναμιν — ayant et la puissance
καὶ χώραν Κύρου, — et le pays de Cyrus,
καὶ σώζοντα — et gardant
τὴν ἀρχὴν σεαυτοῦ, — le commandement de toi-même,
τὴν δὲ δύναμιν βασιλέως, — d'autre-part la puissance du roi
ᾗ Κῦρος ἐχρῆτο — de laquelle Cyrus se servait
πολεμίᾳ, — *comme* ennemie,
ταύτην οὖσαν — celle-ci étant
σύμμαχόν σοι. — alliée pour toi.
Τούτων δὲ ὄντων τοιούτων, — Or ces choses étant telles,
τίς μαίνεται οὕτω, — qui est-fou tellement,
ὅστις οὐ βούλεται — qui ne veut (veuille) pas
εἶναι φίλος σοι; — être ami à toi ?
ἀλλὰ μὴν ἐρῶ γάρ — Mais certes je dirai en effet
καὶ ταῦτα, — aussi ces choses,
ἐξ ὧν ἔχω ἐλπίδας — d'après lesquelles j'ai des espérances
καὶ σὲ βουλήσεσθαι — et toi aussi devoir vouloir (que tu
εἶναι φίλον ἡμῖν. — être ami à nous.   [voudras)
Οἶδα μὲν γάρ — Car d'une-part je sais
Μυσοὺς ὄντας — les Mysiens étant
λυπηροὺς ὑμῖν, — incommodes pour vous,
οὓς νομίζω — lesquels je pense   [rais rendre)
παρασχεῖν ἄν — *moi* avoir pu rendre (que je pour-

ὑμῖν παρασχεῖν, οἶδα δὲ καὶ Πισίδας[1]· ἀκούω δὲ καὶ ἄλλα
ἔθνη πολλὰ τοιαῦτα εἶναι, ἃ οἶμαι ἂν παῦσαι ἐνοχλοῦντα ἀεὶ
τῇ ὑμετέρᾳ εὐδαιμονίᾳ. Αἰγυπτίους δέ, οἷς μάλιστα ὑμᾶς νῦν
γιγνώσκω τεθυμωμένους, οὐχ ὁρῶ ποίᾳ δυνάμει συμμάχῳ χρη-
σάμενοι μᾶλλον ἂν κολάσεσθε τῆς νῦν σὺν ἐμοὶ οὔσης. Ἀλλὰ
μὴν ἔν γε τοῖς πέριξ οἰκοῦσι σύ, εἰ μὲν βούλοιό τῳ φίλος εἶναι,
ὡς μέγιστος ἂν εἴης, εἰ δέ τίς σε λυποίη, ὡς δεσπότης ἀνα-
στρέφοιο, ἔχων ἡμᾶς ὑπηρέτας, οἵ σοι οὐκ ἂν τοῦ μισθοῦ ἕνεκα
μόνον ὑπηρετοῖμεν, ἀλλὰ καὶ τῆς χάριτος ἧς σωθέντες ὑπὸ σοῦ
σοὶ ἂν ἔχοιμεν δικαίως. Ἐμοὶ μὲν δὴ ταῦτα πάντα ἐνθυμου-
μένῳ οὕτω δοκεῖ θαυμαστὸν εἶναι τὸ σὲ ἡμῖν ἀπιστεῖν, ὥστε

tant des Pisidiens, et il est beaucoup d'autres peuples dont on
m'a parlé, et dont j'espère faire cesser les atteintes à votre repos.
Pour les Égyptiens, contre lesquels je vous sais tout particulière-
ment irrités, je ne vois pas quelles autres forces que les miennes
vous pourriez employer pour les châtier. Enfin, parmi les peuples
qui t'avoisinent, s'il en est dont tu veuilles être l'ami, ils n'en trouveront point de plus puissant; et si quelqu'un t'inquiète, tu agiras
en maître absolu, nous ayant pour ministres, nous qui ne te servi-
rions pas seulement par espoir d'une solde, mais par un sentiment
de reconnaissance dont notre salut, dû à ta bonté, nous ferait un devoir. Pour moi, quand je considère tous ces motifs, je
suis tellement étonné de ta défiance, que j'apprendrais avec le

ταπεινοὺς ὑμῖν	bas pour vous [sente,
τὴν τῇ δυνάμει παρούσῃ,	avec la puissance (les forces) pré-
οἶδα δὲ	d'autre-part je sais
καὶ Πισίδας·	les Pisidiens aussi ;
ἀκούω δὲ	d'autre-part j'entends-dire
καὶ πολλὰ ἄλλα ἔθνη	aussi beaucoup d'autres nations
εἶναι τοιαῦτα,	être telles,
ἃ οἶμαι	lesquelles je pense [ferais cesser)
παῦσαι ἂν	*moi* avoir pu faire cesser (que je
ἐνοχλοῦντα ἀεὶ	troublant toujours
τῇ εὐδαιμονίᾳ ὑμετέρᾳ.	le bonheur vôtre.
Οὐχ ὁρῶ δὲ	Et je ne vois pas
ποίᾳ δυνάμει	de quelle puissance
χρησάμενοι συμμάχῳ	vous étant servis *comme* alliée
μᾶλλον τῆς	de préférence à celle
οὔσης νῦν σὺν ἐμοὶ	étant maintenant avec moi
κολάσεσθε ἂν Αἰγυπτίους,	vous puniriez les Égyptiens,
οἷς γιγνώσκω ὑμᾶς	contre lesquels je connais vous
τεθυμωμένους νῦν μάλιστα.	étant irrités maintenant le plus.
Ἀλλὰ μὴν σὺ	Mais certes toi [tour
ἔν γε τοῖς οἰκοῦσι πέριξ,	parmi du moins ceux habitant-au-
εἰ μὲν βούλοιο	si d'une-part tu voulais
εἶναι φίλος τῳ,	être ami à quelqu'un,
εἴης ἂν	tu serais l'*ami*
ὡς μέγιστος,	comme *il est possible* le plus grand
εἰ δέ τις λυποίη σε.	et si quelqu'un incommodait toi,
ἀναστρέφοιο ὡς δεσπότης,	tu-te-comporterais comme maître,
ἔχων ὑπηρέτας ἡμᾶς,	ayant *pour* serviteurs nous
οἳ ὑπηρετοῖμεν ἂν σοι	qui servirions toi
οὐ μόνον ἕνεκα	non-seulement à cause
τοῦ μισθοῦ,	de la solde,
ἀλλὰ καὶ τῆς χάριτος	mais aussi de la reconnaissance
ἧς σωθέντες ὑπὸ σοῦ	laquelle ayant été sauvés par to'
ἔχοιμεν ἂν δικαίως.	nous aurions justement.
Τὸ σε ἀπιστεῖν ἡμῖν	Ceci toi te défier de nous
δοκεῖ εἶναι	paraît être
οὕτω θαυμαστὸν	tellement étonnant
ἐμοὶ ἐνθυμουμένῳ μὲν δὴ	à moi considérant d'une-part certes
πάντα ταῦτα	toutes ces choses
ὥστε ἀκούσαιμι ἂν	que j'aurais entendu

καὶ ἥδιστ' ἂν ἀκούσαιμι τὸ ὄνομα, τίς οὕτως ἐστὶ δεινὸς λέγειν ὥστε σε πεῖσαι λέγων ὡς ἡμεῖς σοι ἐπιβουλεύομεν.

Κλέαρχος μὲν οὖν τοσαῦτα εἶπε· Τισσαφέρνης δὲ ὧδ ἀπημείφθη· Ἀλλ' ἥδομαι μέν, ὦ Κλέαρχε, ἀκούων σου φρονί- μους λόγους· ταῦτα γὰρ γιγνώσκων εἴ τι ἐμοὶ κακὸν βουλεύοις, ἅμα ἄν μοι δοκεῖς καὶ σαυτῷ κακόνους εἶναι. Ὡς δ' ἂν μάθης ὅτι οὐδ' ἂν ὑμεῖς δικαίως οὔτε βασιλεῖ οὔτ' ἐμοὶ ἀπιστοίητε, ἀντάκουσον. Εἰ γὰρ ὑμᾶς ἐβουλόμεθα ἀπολέσαι, πότερα σο δοκοῦμεν ἱππέων πλήθους ἀπορεῖν ἢ πεζῶν ἢ ὁπλίσεως ἐν ἧ ὑμᾶς μὲν βλάπτειν ἱκανοὶ εἴημεν ἄν, ἀντιπάσχειν δὲ οὐδεὶς κίν- δυνος; Ἀλλὰ χωρίων ἐπιτηδείων ὑμῖν ἐπιτίθεσθαι ἀπορεῖν ἄν

plus vif plaisir le nom de l'homme assez habile dans l'art de par- ler pour te persuader par ses discours que nous tramons contre toi. »

Ainsi parle Cléarque; Tissapherne répond : « Oui, je suis charmé, Cléarque, d'entendre de ta bouche ces paroles sensées. Avec ces idées, si tu méditais quelque mauvais dessein contre moi, tu me paraîtrais aussi ennemi de tes intérêts que des miens. Mais pour être bien sûr que vous auriez le plus grand tort de vous défier du roi et de moi-même, écoute à ton tour. Si nous voulions vous per- dre, te semble-t-il que nous n'aurions pas assez de cavalerie, d'in- fanterie, d'armes, pour être en état de vous nuire sans courir le

καὶ ἥδιστα τὸ ὄνομα	même très-agréablement le nom,
τίς ἐστιν	qui est
οὕτω δεινὸς λέγειν	tellement habile à parler [à toi
ὥστε λέγων πεῖσαί σε	au point en parlant d'avoir persuadé
ὡς ἡμεῖς	que nous
ἐπιβουλεύομέν σοι.	nous tendons-des-piéges à toi.
Κλέαρχος μὲν οὖν	Cléarque d'une-part donc
εἶπε τοσαῦτα·	dit autant de choses;
Τισσαφέρνης δὲ	Tissapherne d'autre-part
ἀπημείφθη ὧδε·	répondit ainsi :
Ἀλλὰ ἥδομαι μέν,	Mais je me réjouis d'une-part
ὦ Κλέαρχε,	ô Cléarque,
ἀκούων σου	entendant de toi
λόγους φρονίμους·	des paroles sensées;
γιγνώσκων γὰρ ταῦτα	car pensant ces choses
εἰ βουλεύοις ἐμοί	si tu méditais à (contre) moi
τι κακόν,	quelque chose de mal, [tu serais)
δοκεῖς εἶναι ἂν	tu parais pouvoir être (il semble que
κακόνους ἅμα	malveillant en-même-temps
μοι καὶ σαυτῷ.	pour moi et pour toi-même.
Ὡς δὲ μάθῃς ἂν	Mais afin que tu aies appris
ὅτι οὐδὲ ὑμεῖς	que ni vous non-plus
ἀπιστοίητε	vous ne vous defieriez
δικαίως	avec-justice
οὔτε βασιλεῖ οὔτε ἐμοί,	ni du roi ni de moi,
ἀντάκουσον.	aie-écouté-à-ton-tour.
Εἰ γὰρ ἐβουλόμεθα	Car si nous voulions
ἀπολέσαι ὑμᾶς,	avoir fait-périr vous
πότερα δοκοῦμέν σοι	est-ce que nous paraissons à toi
ἀπορεῖν πλήθους ἱππέων	manquer d'une multitude de cava-
ἢ πεζῶν ἢ ὁπλίσεως	ou de fantassins ou d'armes [liers
ἐν ᾗ μὲν	au moyen desquelles d'une-part
εἴημεν ἂν ἱκανοὶ	nous serions capables
βλάπτειν ὑμᾶς,	de nuire à vous,
οὐδεὶς δὲ κίνδυνος	et aucun danger *ne serait pour nous*
ἀντιπάσχειν;	de souffrir-en-retour?
Ἀλλὰ δοκοῦμέν σοι	Mais paraissons-nous à toi
ἀπορεῖν ἂν	pouvoir manquer (que nous man-
χωρίων ἐπιτηδείων	de lieux propres [querions)
ἐπιτίθεσθαι ὑμῖν;	à attaquer vous?

σοι δοχοῦμεν; Οὐ τοσαῦτα μὲν πεδία ἡμῖν φίλια ὄντα σὺν
πολλῷ πόνῳ διαπορεύεσθε, τοσαῦτα δὲ ὄρη ὑμῖν ὁρᾶτε ὄντα
πορευτέα, ἃ ἡμῖν ἔξεστι προκαταλαβοῦσιν ἄπορα ὑμῖν παρέ-
χειν, τοσοῦτοι δ' εἰσὶ ποταμοί, ἐφ' ὧν ἔξεστιν ἡμῖν ταμιεύ-
εσθαι ὁπόσοις ἂν ὑμῖν βουλώμεθα μάχεσθαι; Εἰσὶ δ' αὐτῶν
οὓς οὐδ' ἂν παντάπασι διαβαίητε, εἰ μὴ ἡμεῖς ὑμᾶς διαπο-
ρεύοιμεν.

Εἰ δ' ἐν πᾶσι τούτοις ἡττώμεθα, ἀλλὰ τό γε τοι πῦρ κρεῖτ-
τον τοῦ καρποῦ ἐστιν· ὃν ἡμεῖς δυναίμεθ' ἂν κατακαύσαντες
λιμὸν ὑμῖν ἀντιτάξαι, ᾧ ὑμεῖς, οὐδ' εἰ πάνυ ἀγαθοὶ εἴητε, μάχεσθαι ἂν δύναισθε. Πῶς ἂν οὖν ἔχοντες τοσούτους πόρους πρὸς
τὸ ὑμῖν πολεμεῖν, καὶ τούτων μηδένα ἡμῖν ἐπικίνδυνον, ἔπειτα
ἐκ τούτων πάντων τοῦτον ἂν τὸν τρόπον ἐξελοίμεθα, ὃς μόνος

moindre risque? Les terrains propres à vous attaquer nous man-
queraient-ils, le crois-tu? Et ces vastes plaines qui nous sont amies
et que vous traversez avec tant de peine, et ces montagnes qui
se dressent devant vous et qu'il vous faut franchir, ne pouvons-
nous pas, en les occupant d'avance, vous en fermer le passage?
Et ces fleuves si nombreux, au passage desquels nous pouvons ré-
gler combien d'entre vous il nous plaira de combattre? D'ailleurs
ne voyez-vous point qu'il en est d'autres que vous ne sauriez traverser en aucune façon, si nous n'étions point là pour vous faire
passer?

« Supposons qu'en tout cela nous ayons le dessous, le feu n'est-
il pas plus fort que les fruits de la terre? Et nous pourrions, en les
brûlant, vous susciter comme ennemis la famine qu'il vous serait
impossible de combattre, malgré votre valeur. Comment, avec tant
de moyens de vous faire la guerre sans danger, choisirions-nous le

Οὐ μὲν διαπορεύεσθε	D'une-part ne traversez-vous pas
σὺν πολλῷ πόνῳ	avec beaucoup de peine
πεδία τοσαῦτα	ces plaines si-nombreuses
ὄντα φιλία ἡμῖν,	étant amies à nous,
ὁρᾶτε δὲ	et ne voyez-vous pas
ὄρη τοσαῦτα	des montagnes si-nombreuses
ὄντα πορευτέα ὑμῖν,	étant à-traverser à vous,
ἃ ἔξεστιν ἡμῖν	qu'il est-permis à nous
προκαταλαβοῦσιν	les ayant occupées-d'-avance
παρέχειν ἄπορα ὑμῖν,	de rendre impraticables à vous,
ποταμοὶ δέ	et des fleuves
εἰσι τοσοῦτοι	ne sont-ils pas si-nombreux
ἐπὶ ὧν ἔξεστιν ἡμῖν	sur lesquels il est permis à nous
ταμιεύεσθαι ὁπόσοις ὑμῶν	de régler combien d'entre vous
βουλώμεθα ἂν μάχεσθαι;	nous voudrions combattre?
Εἰσὶ δὲ αὐτῶν	Et ils sont (il en est) d'eux
οὓς οὐδὲ διαβαίητε ἂν	que pas-même vous n'auriez passés
παντάπασιν,	du tout,
εἰ ἡμεῖς	si nous
μὴ διαπορεύοιμεν ὑμᾶς.	nous ne passions vous.
Εἰ δὲ ἡττώμεθα	Et si nous étions vaincus
ἐν πᾶσι τούτοις,	dans toutes ces choses,
ἀλλὰ τὸ πῦρ γέ τοι	mais le feu du moins certes
ἐστὶ κρεῖττον	est meilleur (plus fort)
τοῦ καρποῦ·	que le fruit (les fruits-de-la terre);
ὃν ἡμεῖς κατακαύσαντες	lequel nous ayant brûlé
δυναίμεθα ἂν	nous pourrions
ἀντιτάξαι ὑμῖν	avoir-rangé-en-bataille-contre vous
λιμόν,	la faim,
ᾧ ὑμεῖς,	laquelle vous,
οὐδὲ εἰ εἴητε	pas-même-si vous étiez
πάνυ ἀγαθοί,	tout-à-fait braves,
δύναισθε ἂν μάχεσθαι.	vous ne pourriez combattre.
Πῶς οὖν ἂν ἔχοντες	Comment donc ayant
πόρους τοσούτους	des moyens si-nombreux
πρὸς τὸ πολεμεῖν ὑμῖν,	pour le faire-la-guerre à vous,
καὶ μηδένα τούτων	et aucun de ceux-ci
ἐπικίνδυνον ἡμῖν,	dangereux à nous,
ἐξελοίμεθα ἂν ἔπειτα	aurions-nous choisi ensuite
ἐκ πάντων τούτων	de tous ceux-ci

μὲν πρὸς θεῶν ἀσεβής, μόνος δὲ πρὸς ἀνθρώπων αἰσχρός; Παντάπασι δὲ ἀπόρων ἐστὶ καὶ ἀμηχάνων καὶ ἀνάγκῃ ἐχομένων, καὶ τούτων πονηρῶν, οἵτινες ἐθέλουσι δι' ἐπιορκίας τε πρὸς θεοὺς καὶ ἀπιστίας πρὸς ἀνθρώπους πράττειν τι. Οὐχ οὕτως ἡμεῖς, ὦ Κλέαρχε, οὔτε ἀλόγιστοι οὔτε ἠλίθιοί ἐσμεν.

Ἀλλὰ τί δή, ὑμᾶς ἐξὸν ἀπολέσαι, οὐκ ἐπὶ τοῦτο ἤλθομεν; Εὖ ἴσθι ὅτι ὁ ἐμὸς ἔρως τούτου αἴτιος τοῦ τοῖς Ἕλλησιν ἐμὲ πιστὸν γενέσθαι, καὶ ᾧ Κῦρος ἀνέβη ξενικῷ διὰ μισθοδοσίας πιστεύων, τούτῳ ἐμὲ καταβῆναι δι' εὐεργεσίας ἰσχυρόν. Ὅσα δέ μοι ὑμεῖς χρήσιμοι ἔσεσθε, τὰ μὲν καὶ σὺ εἶπες, τὸ δὲ μέγιστον ἐγὼ οἶδα· τὴν μὲν γὰρ ἐπὶ τῇ κεφαλῇ τιάραν βασιλεῖ

seul qui soit impie devant les dieux, déshonorant aux yeux des hommes? C'est la ressource des hommes embarrassés, à bout de voies, que la nécessité presse, des scélérats enfin, qui veulent tirer quelque profit de leur parjure envers les dieux et de leur mauvaise foi envers les hommes. Non, non, jamais, Cléarque, nous ne serons insensés et fous à ce point!

« Pourquoi, lorsque nous pouvions vous exterminer, ne l'avons-nous point fait? Sache bien que la cause de votre salut est le désir que j'avais de prouver mon dévouement aux Grecs : car ces troupes étrangères sur lesquelles Cyrus ne comptait, en montant dans les hauts pays, que parce qu'il les payait, je voulais, moi, en descendant, m'en faire un soutien par des bienfaits. Quant aux avantages que vous pouvez m'offrir, tu en as dit quelques-uns; mais le plus grand, c'est celui que je sais. Il est permis au roi seul de

ν τρόπον,   la manière

μόνος μὲν   qui seule d'une-part   [dieux,

εβὴς πρὸς θεῶν,   *est* impie du-côté-de (devant les)

νος δὲ   *qui* seule d'autre-part

σχρὸς πρὸς ἀνθρώπων;   *est* honteuse du-côté-de (devant les)

τι δὲ   Or il est   [hommes?

χντάπασιν ἀπόρων   *d'hommes* tout-à-fait sans-ressour-

ὶ ἀμηχάνων,   et embarrassés,   [ces,

ὶ ἐχομένων ἀνάγκῃ,   et tenus par la nécessité,

ὶ τούτων πονηρῶν,   et ceux-ci méchants,

τινες ἐθέλουσι   qui veulent

ράττειν τι   faire quelque chose

ὰ ἐπιορκίας τε   et par le parjure

ὸς θεούς,   envers les dieux,

ὶ ἀπιστίας   et *par* la mauvaise-foi

ρὸς ἀνθρώπους.   envers les hommes.

ἡμεῖς, ὦ Κλέαρχε,   Nous, ô Cléarque,

ὐκ ἐσμεν οὕτως   nous ne sommes pas tellement

τε ἀλόγιστοι   ni irréfléchis

τε ἠλίθιοι.   ni niais.

λλὰ τί δή,   Mais pourquoi certes,

ὸν ἀπολέσαι ὑμᾶς   étant permis d'avoir fait-périr vous,

ὐκ ἤλθομεν ἐπὶ τοῦτο;   ne sommes-nous pas venus à cela?

σθι εὖ   Sache bien

τι ὁ ἔρως ἐμὸς   que le désir mien

οῦ ἐμὲ γενέσθαι   de ceci moi être devenu

ιστὸν τοῖς Ἕλλησι,   digne-de-foi pour les Grecs

ὶ ἐμὲ καταβῆναι   et moi être descendu

χυρὸν διὰ εὐεργεσίας   fort par la bienfaisance

ύτῳ ξενικῷ   *avec* cette *armée* étrangère

Κῦρος ἀνέβη   *avec* laquelle Cyrus est monté

ιστεύων διὰ μισθοδοσίας,   se fiant à-cause de la solde,

ίτιος τούτου.   *a été* cause de ceci.

ὅσα δὲ   D'autre-part *en* combien de choses

μεῖς ἔσεσθε χρήσιμοί μοι,   vous vous serez utiles à moi,

ὶ σὺ εἶπες τὰ μὲν,   et toi tu as dit les unes,

γὼ δὲ οἶδα   mais moi je sais

ὸ μέγιστον·   ceci le plus grand :

εστι γὰρ μὲν   car d'une-part il est-permis

ασιλεῖ μόνῳ   au roi seul

μόνῳ ἔξεστιν ὀρθὴν [1] ἔχειν, τὴν δ' ἐπὶ τῇ καρδίᾳ [2] ἴσως
ὑμῶν παρόντων καὶ ἕτερος εὐπετῶς ἔχοι.

Ταῦτα εἰπὼν ἔδοξε τῷ Κλεάρχῳ ἀληθῆ λέγειν, καὶ εἶπε
Οὐκοῦν, ἔφη, οἵτινες, τοιούτων ἡμῖν εἰς φιλίαν ὑπαρχόντω
πειρῶνται διαβάλλοντες ποιῆσαι πολεμίους ἡμᾶς, ἄξιοί εἰσι τ
ἔσχατα παθεῖν; Καὶ ἐγὼ μέν γε, ἔφη ὁ Τισσαφέρνης, εἰ βου
λεσθέ μοι οἵ τε στρατηγοὶ καὶ οἱ λοχαγοὶ ἐλθεῖν, ἐν τῷ ἐμφα
νεῖ λέξω τοὺς πρὸς ἐμὲ λέγοντας ὡς σὺ ἐμοὶ ἐπιβουλεύεις κ
τῇ σὺν ἐμοὶ στρατιᾷ. Ἐγὼ δέ, ἔφη ὁ Κλέαρχος, ἄξω πάντας
καὶ σοὶ αὖ δηλώσω ὅθεν ἐγὼ περὶ σοῦ ἀκούω.

Ἐκ τούτων δὴ τῶν λόγων ὁ Τισσαφέρνης φιλοφρονούμενο
τότε μὲν μένειν τε αὐτὸν ἐκέλευσε καὶ σύνδειπνον ἐποιήσατο

porter la tiare droite sur sa tête; mais peut-être, vous présents
est-il permis à un autre de la porter ainsi dans son cœur. »

En parlant ainsi, il parut à Cléarque dire la vérité, et Cléarqu
reprit : « Ceux donc, dit-il, qui, lorsque nous avons de tels moti
d'amitié, essayent par leurs calomnies de nous rendre ennemis
ne sont-ils pas dignes des derniers supplices? — Pour moi, d
Tissapherne, si vous voulez, stratéges et lochages, venir à moi
je vous dirai ouvertement ceux qui me disent que tu trames contr
moi et contre mon armée. — Moi, dit Cléarque, je te les amènera
tous; et, de mon côté, je te ferai connaître d'où je tiens ce que j
sais de toi. »

Après cette conférence, Tissapherne fait de grandes caresses
Cléarque, qu'il prie de rester à dîner avec lui. Le lendemai

Ἔχειν τιάραν ὀρθὴν	d'avoir la tiare droite
ἐπὶ τῇ κεφαλῇ,	sur la tête,
ἴσως δὲ	mais peut-être
ὑμῶν παρόντων	vous étant présents
καὶ ἕτερον ἔχοι ἂν εὐπετῶς	un autre aussi aurait facilement,
τὴν ἐπὶ τῇ καρδίᾳ.	celle-ci sur le (son) cœur.
Εἰπὼν ταῦτα	Ayant dit ces choses
ἔδοξε τῷ Κλεάρχῳ	il parut à Cléarque
λέγειν ἀληθῆ,	dire des choses vraies,
καὶ εἶπεν·	et il dit :
Οἵτινες, ἔφη,	Ceux-qui, dit-il,
τοιούτων ὑπαρχόντων	des choses telles existant
ἡμῖν εἰς φιλίαν,	à nous pour l'amitié,
πειρῶνται διαβάλλοντες	tâchent en calomniant
ποιῆσαι ἡμᾶς πολεμίους,	d'avoir fait nous ennemis,
οὐκοῦν εἰσιν ἄξιοι	ne sont-ils pas dignes
παθεῖν τὰ ἔσχατα ;	d'avoir souffert les dernières choses?
Καὶ ἐγὼ μέν γε,	Et moi d'une-part du moins,
ἔφη ὁ Τισσαφέρνης,	dit Tissapherne,
εἰ βούλεσθε	si vous voulez
οἵ τε στρατηγοὶ	et les stratéges
καὶ οἱ λοχαγοὶ	et les lochages
ἐλθεῖν μοι,	être venus à moi, [ment)
λέξω ἐν τῷ ἐμφανεῖ	je dirai dans le évident (ouverte--
τοὺς λέγοντας πρὸς ἐμὲ	ceux disant à moi, [moi
ὡς σὺ ἐπιβουλεύεις ἐμοὶ	que toi tu tends-des-embûches à
καὶ τῇ στρατιᾷ σὺν ἐμοί.	et à l'armée *étant* avec moi.
Ἐγὼ δέ, ἔφη ὁ Κλέαρχος,	Et moi, dit Cléarque,
ἄξω πάντας,	je *les* amènerai tous, [toi
καὶ αὖ δηλώσω σοὶ	et d'un-autre côté je manifesterai à
ὅθεν ἐγὼ ἀκούω	d'où (de qui) moi j'entends-parler
περὶ σοῦ.	sur toi.
Ἐκ δὴ τούτων τῶν λόγων	A-la-suite donc de ces discours
ὁ Τισσαφέρνης	Tissapherne
φιλοφρονούμενος	témoignant-de-la-bienveillance
ἐκέλευσέ τε τότε μὲν	et engagea d'une-part alors
αὐτὸν μένειν,	lui rester, [convive :
καὶ ἐποιήσατο σύνδειπνον·	et il *le* fit-pour-lui (il le fit son)
τῇ δὲ ὑστεραίᾳ	et le *jour* d'après
ὁ Κλέαρχος	Cléarque

τῇ δὲ ὑστεραίᾳ ὁ Κλέαρχος, ἐλθὼν ἐπὶ τὸ στρατόπεδον, δῆλός τ' ἦν πάνυ φιλικῶς οἰόμενος διακεῖσθαι τῷ Τισσαφέρνει, καὶ ἃ ἔλεγεν ἐκεῖνος ἀπήγγελλεν· ἔφη τε χρῆναι ἰέναι παρὰ Τισσαφέρνην οὓς ἐκέλευσε, καὶ οἳ ἂν ἐλεγχθῶσι διαβάλλοντες τῶν Ἑλλήνων, ὡς προδότας αὐτοὺς καὶ κακόνους τοῖς Ἕλλησιν ὄντας τιμωρηθῆναι. Ὑπώπτευε δὲ εἶναι τὸν διαβάλλοντα Μένωνα, εἰδὼς αὐτὸν καὶ συγγεγενημένον Τισσαφέρνει μετ' Ἀριαίου καὶ στασιάζοντα αὐτῷ καὶ ἐπιβουλεύοντα, ὅπως τὸ στράτευμα ἅπαν πρὸς ἑαυτὸν λαβὼν φίλος ᾖ Τισσαφέρνει. Ἐβούλετο δὲ καὶ ὁ Κλέαρχος ἅπαν τὸ στράτευμα πρὸς ἑαυτὸν ἔχειν τὴν γνώμην καὶ τοὺς παραλυποῦντας ἐκποδὼν εἶναι· τῶν δὲ στρατιωτῶν ἀντέλεγόν τινες αὐτῷ μὴ ἰέναι πάντας τοὺς λοχαγοὺς καὶ στρατηγούς, μηδὲ πιστεύειν Τισσαφέρνει. Ὁ δὲ Κλέαρχος

Cléarque, de retour au camp, paraît persuadé des intentions pacifiques de Tissapherne, et raconte ce que celui-ci lui a dit. Il ajoute qu'il faut que les chefs invités se rendent chez Tissapherne, et que ceux des Grecs qui seraient convaincus de calomnie soient punis comme traîtres et ennemis des Grecs. Il soupçonnait que le calomniateur était Ménon, sachant qu'il s'était, ainsi qu'Ariée, abouché avec Tissapherne, qu'il formait un parti contre lui et qu'il cabalait pour se gagner toute l'armée et devenir l'ami de Tissapherne. Cléarque, de son côté, voulait se concilier l'affection de l'armée entière et se débarrasser de ceux qui le gênaient. Cependant quelques soldats, d'un avis opposé au sien, disent qu'il ne faut pas conduire à Tissapherne tous les lochages et tous les chefs, qu'il faut s'en défier. Mais Cléarque insiste fortement jusqu'à ce

ἐλθὼν ἐπὶ τὸ στρατόπεδον	étant allé vers le camp
δῆλός τε ἦν οἰόμενος	et était évident pensant
διακεῖσθαι τῷ Τισσαφέρνει	*l'esprit* être disposé à Tissapherne
πάνυ φιλικῶς,	tout-à-fait amicalement,
καὶ ἀπήγγελλεν	et il annonçait
ἃ ἐκεῖνος ἔλεγεν·	les choses que celui-là disait;
ἔφη τε χρῆναι	et il disait falloir,
οὓς ἐκέλευσε,	ceux qu'il avait engagés *à aller*,
ἰέναι παρὰ Τισσαφέρνην,	aller auprès de Tissapherne,
καὶ οἳ τῶν Ἑλλήνων	et *ceux* qui des Grecs
ἐλεγχθῶσιν ἂν διαβάλλοντες,	auraient été convaincus calomniant
αὐτοὺς τιμωρηθῆναι	eux avoir été punis
ὡς ὄντας προδότας	comme étant traîtres
καὶ κακόνους τοῖς Ἕλλησιν.	et malveillants pour les Grecs.
Ὑπώπτευε δὲ	Or il soupçonnait
τὸν διαβάλλοντα	le calomniant
εἶναι Μένωνα,	être Ménon,
εἰδὼς αὐτὸν	sachant lui
καὶ συγγεγενημένον Τισσαφέρνει	et s'étant trouvé-avec Tissapherne
μετὰ Ἀριαίου,	avec Ariée,
καὶ στασιάζοντα αὐτῷ	et formant-une-faction-contre lui
καὶ ἐπιβουλεύοντα,	et tendant-des-embûches,
ὅπως λαβὼν πρὸς ἑαυτὸν	afin qu'ayant pris vers lui-même
ἅπαν τὸ στράτευμα	toute l'armée
ᾖ φίλος Τισσαφέρνει.	il soit (fût) ami à Tissapherne.
Ὁ δὲ καὶ Κλέαρχος	D'autre-part Cléarque aussi
ἐβούλετο	voulait
ἅπαν τὸ στράτευμα	toute l'armée
ἔχειν τὴν γνώμην	avoir la pensée
πρὸς ἑαυτόν,	vers lui-même,
καὶ τοὺς παραλυποῦντας	et ceux *le* gênant
εἶναι ἐκποδών·	être loin-des-pieds; [dats
τινὲς δὲ τῶν στρατιωτῶν	d'autre-part quelques-uns des sol--
ἀντέλεγον αὐτῷ	disaient-contrairement à lui,
πάντας τοὺς λοχαγοὺς	tous les lochages
καὶ στρατηγοὺς	et les stratéges
μὴ ἰέναι,	ne pas aller,
μηδὲ πιστεύειν Τισσαφέρνε..	ni se fier à Tissapherne.
Ὁ δὲ Κλέαρχος	Mais Cléarque
κατέτεινεν ἰσχυρῶς,	tendit-contre fortement,

ἰσχυρῶς κατέτεινεν, ἔστε διεπράξατο πέντε μὲν στρατηγοὺς
ἰέναι, εἴκοσι δὲ λοχαγούς· συνηκολούθησαν δὲ ὡς εἰς ἀγορὰν
καὶ τῶν ἄλλων στρατιωτῶν ὡς διακόσιοι.

Ἐπεὶ δὲ ἦσαν ἐπὶ ταῖς θύραις ταῖς Τισσαφέρνους, οἱ μὲν
στρατηγοὶ παρεκλήθησαν εἴσω, Πρόξενος Βοιώτιος, Μένων Θετ-
ταλός, Ἀγίας Ἀρκάς, Κλέαρχος Λάκων, Σωκράτης Ἀχαιός·
οἱ δὲ λοχαγοὶ ἐπὶ ταῖς θύραις ἔμενον. Οὐ πολλῷ δὲ ὕστερον ἀπὸ
τοῦ αὐτοῦ σημείου οἵ τ᾽ ἔνδον συνελαμβάνοντο καὶ οἱ ἔξω κατ-
εκόπησαν. Μετὰ δὲ ταῦτα τῶν βαρβάρων τινὲς ἱππέων, διὰ
τοῦ πεδίου ἐλαύνοντες, ᾧτινι ἐντυγχάνοιεν Ἕλληνι ἢ δούλῳ ἢ
ἐλευθέρῳ, πάντας ἔκτειναν. Οἱ δὲ Ἕλληνες τήν τε ἱππασίαν
αὐτῶν ἐθαύμαζον ἐκ τοῦ στρατοπέδου ὁρῶντες καὶ ὅ τι ἐποίουν
ἠμφιγνόουν, πρὶν Νίκαρχος [1] Ἀρκὰς ἧκε φεύγων τετρωμένος εἰς

qu'il ait obtenu d'y aller avec cinq stratéges et vingt lochages :
ils sont suivis d'environ deux cents soldats, faisant mine d'aller
acheter des vivres.

Arrivés aux portes de Tissapherne, on appelle à l'intérieur les
généraux Proxène de Béotie, Ménon de Thessalie, Agias d'Arcadie,
Cléarque de Lacédémone, et Socrate d'Achaïe : les lochages restent à la porte. Quelques instants après, au même signal, on
arrête les généraux qui sont entrés, et l'on égorge ceux qui sont
restés dehors. Ensuite des cavaliers barbares, galopant par la
plaine, massacrent tout ce qu'ils rencontrent des Grecs, soit libres,
soit esclaves. Les Grecs sont étonnés de cette course de cavaliers
qu'ils aperçoivent de leur camp et ne savent que penser, lorsqu'arrive Nicarque d'Arcadie : il s'était enfui, blessé au ventre et

Ἔστε διεπράξατο	jusqu'à ce qu'il eût obtenu
πέντε μὲν στρατηγούς,	d'une-part cinq stratéges,
εἴκοσι δὲ λοχαγοὺς	d'autre-part vingt lochages
ἰέναι·	aller; [cents
ὡς δὲ διακόσιοι	d'autre-part comme (environ) deux
καὶ τῶν ἄλλων στρατιωτῶν	aussi des autres soldats
συνηκολούθησαν	suivirent-avec
ὡς εἰς ἀγοράν.	comme pour un-marché-de-vivres.
Ἐπεὶ δὲ ἦσαν	Mais après qu'ils furent
ἐπὶ ταῖς θύραις	auprès des portes
ταῖς Τισσαφέρνους,	celles de Tissapherne,
οἱ μὲν στρατηγοί,	d'une-part les stratéges,
Πρόξενος Βοιώτιος,	Proxène Béotien,
Μένων Θετταλός,	Ménon Thessalien,
Ἀγίας Ἀρκάς,	Agias Arcadien,
Κλέαρχος Λάκων,	Cléarque Laconien,
Σωκράτης Ἀχαιός,	Socrate Achéen,
παρεκλήθησαν εἴσω·	furent appelés à l'intérieur;
οἱ δὲ λοχαγοὶ ἔμενον	d'autre-part les lochages restaient
ἐπὶ ταῖς θυραῖς.	auprès des portes.
Οὐ πολλῷ δὲ ὕστερον	Or non beaucoup après
ἀπὸ τοῦ αὐτοῦ σημείου	à-la-suite du même signal,
οἵ τε ἔνδον συνελαμβάνοντο	et ceux au-dedans étaient saisis,
καὶ οἱ ἔξω	et ceux au-dehors
κατεκόπησαν.	furent égorgés.
Μετὰ δὲ ταῦτά	Et après ces choses
τινες τῶν ἱππέων βαρβάρων,	quelques-uns des cavaliers barbares
ἐλαύνοντες διὰ τοῦ πεδίου	poussant à travers la plaine,
ἔκτειναν πάντας,	tuèrent tous, [sent
ᾧτινι ἐντυγχάνοιεν	qui-que-ce-fût-qu'ils rencontras-
Ἕλληνι	*étant* Grec
ἢ δούλῳ ἢ ἐλευθέρῳ.	ou esclave ou libre.
Οἱ δὲ Ἕλληνες	D'autre-part les Grecs
ἐθαύμαζόν τε	et s'étonnaient
τὴν ἱππασίαν αὐτῶν	de la chevauchée d'eux
ὁρῶντες ἐκ τοῦ στρατοπέδου,	*les* voyant du camp,
καὶ ἠμφιγνόουν	et étaient-incertains
ὅ τι ἐποίουν,	*de* ce qu'ils faisaient,
πρὶν Νίκαρχος Ἀρκὰς	avant-que Nicarque Arcadien
ἧκε φεύγων	vînt *en* fuyant,

τὴν γαστέρα, καὶ τὰ ἔντερα ἐν ταῖς χερσὶν ἔχων, καὶ εἶπε πάντα τὰ γεγενημένα. Ἐκ τούτου δὴ οἱ Ἕλληνες ἔθεον ἐπὶ τὰ ὅπλα πάντες ἐκπεπληγμένοι καὶ νομίζοντες αὐτίκα ἥξειν αὐτοὺς ἐπὶ τὸ στρατόπεδον. Οἱ δὲ πάντες μὲν οὐκ ἦλθον· Ἀριαῖος δὲ καὶ Ἀρτάοζος καὶ Μιθριδάτης[1], οἳ ἦσαν Κύρῳ πιστότατοι· ὁ δὲ τῶν Ἑλλήνων ἑρμηνεὺς[2] ἔφη καὶ τὸν Τισσαφέρνους ἀδελφὸν σὺν αὐτοῖς ὁρᾶν καὶ γιγνώσκειν· συνηκολούθουν δὲ καὶ ἄλλοι Περσῶν τεθωρακισμένοι εἰς τριακοσίους. Οὗτοι ἐπεὶ ἐγγὺς ἦσαν, προσελθεῖν ἐκέλευον εἴ τις εἴη τῶν Ἑλλήνων ἢ στρατηγὸς ἢ λοχαγός, ἵνα ἀπαγγείλωσι τὰ παρὰ βασιλέως. Μετὰ ταῦτα ἐξῆλθον φυλαττόμενοι τῶν Ἑλλήνων στρατηγοὶ μὲν Κλεάνωρ Ὀρχομένιος καὶ Σοφαίνετος[3] Στυμφάλιος, σὺν αὐτοῖς δὲ Ξε-

tenant ses entrailles dans ses mains. Il raconte tout ce qui s'est passé. Aussitôt les Grecs courent aux armes, frappés tous de terreur et croyant que les barbares vont fondre sur le camp; mais ils n'arrivent pas tous : ils ne voient qu'Ariée, Artabaze et Mithridate, gens fort dévoués à Cyrus. L'interprète des Grecs dit qu'il aperçoit avec eux le frère de Tissapherne et qu'il le reconnaît. Ils avaient une escorte de Perses cuirassés, environ trois cents. Ceux-ci arrivés près du camp, demandent qu'un stratége ou un lochage grec s'avance pour entendre les ordres du roi. Alors les stratéges grecs Cléanor d'Orchomène et Sophénète de Stymphale sortent du camp avec précaution, et derrière eux Xénophon d'Athènes, pour

τετρωμένος εἰς τὴν γαστέοα	blessé au ventre.
καὶ ἔχων τὰ ἔντερα	et ayant les (ses) entrailles
ἐν ταῖς χερσίν,	dans les mains,
καὶ εἶπε	et il dit
πάντα τὰ γεγενημένα.	toutes les choses étant arrivées.
Ἐκ τούτου δὴ	A-la-suite-de cela donc
οἱ Ἕλληνες ἔθεον	les Grecs couraient
ἐπὶ τὰ ὅπλα,	vers les (leurs) armes,
πάντες ἐκπεπληγμένοι,	tous frappés-de-crainte,
καὶ νομίζοντες αὐτοὺς	et pensant eux (les barbares)
ἥξειν αὐτίκα	devoir venir aussitôt
ἐπὶ τὸ στρατόπεδον.	vers le camp.
οἱ δὲ	Mais ceux-ci
οὐκ ἦλθον πάντες μέν,	ne vinrent pas tous d'une-part,
Ἀριαῖος δέ,	d'autre-part Ariée vint
καὶ Ἀρτάοζος	et Artabaze,
καὶ Μιθριδάτης,	et Mithridate
οἳ ἦσαν πιστότατοι	qui étaient les plus fidèles
Κύρῳ·	à Cyrus;
ὁ δὲ ἑρμηνεὺς	d'autre-part l'interprète
τῶν Ἑλλήνων	des Grecs
ἔφη ὁρᾶν	dit voir
καὶ γιγνώσκειν σὺν αὐτοῖς	et reconnaître avec eux
καὶ τὸν ἀδελφὸν Τισσαφέρνους·	aussi le frère de Tissapherne;
καὶ ἄλλοι Περσῶν	et d'autres des Perses
τεθωρακισμένοι	couverts-de-cuirasses
εἰς τριακοσίους	jusqu'à (environ) trois cents
συνηκολούθουν δέ.	suivaient-avec d'autre-part.
Ἐπεὶ οὗτοι ἦσαν ἐγγύς,	Après que ceux-ci furent près,
ἐκέλευον	ils engageaient
εἴ τις εἴη τῶν Ἑλλήνων	si quelqu'un était des Grecs
ἢ στρατηγὸς ἢ λοχαγός,	ou stratége ou lochage,
προσελθεῖν	à s'être avancé
ἵνα ἀπαγγείλωσι	afin qu'ils aient annoncé
τὰ παρὰ βασιλέως.	les choses de-la-part-du roi.
Μετὰ ταῦτα	Après ces choses
στρατηγοὶ μὲν τῶν Ἑλλήνων	d'une-part des stratéges des Grecs
Κλεάνωρ Ὀρχομένιος	Cléanor d'-Orchomène,
καὶ Σοφαίνετος Στυμφάλιος	et Sophénète de-Stymphale [des,
ἐξῆλθον φυλαττόμενοι,	sortirent se-tenant-sur-leurs-gar-

νοφῶν Ἀθηναῖος, ὅπως μάθοι τὰ περὶ Προξένου [1] · Χειρίσοφος δ' ἐτύγχανεν ἀπὼν ἐν κώμῃ τινὶ σὺν ἄλλοις ἐπισιτιζόμενος.

Ἐπεὶ δὲ ἔστησαν εἰς ἐπήκοον, εἶπεν Ἀριαῖος τάδε · Κλέαρχος μέν, ὦ ἄνδρες Ἕλληνες, ἐπεὶ ἐπιορκῶν τε ἐφάνη καὶ τὰς σπονδὰς λύων, ἔχει τὴν δίκην καὶ τέθνηκε, Πρόξενος δὲ καὶ Μένων, ὅτι κατήγγειλαν αὐτοῦ τὴν ἐπιβουλήν, ἐν μεγάλῃ τιμῇ εἰσιν · ὑμᾶς δὲ ὁ βασιλεὺς τὰ ὅπλα ἀπαιτεῖ · αὑτοῦ γὰρ εἶναί φησιν, ἐπείπερ Κύρου ἦσαν τοῦ ἐκείνου δούλου. Πρὸς ταῦτα ἀπεκρίναντο οἱ Ἕλληνες, ἔλεγε δὲ Κλεάνωρ ὁ Ὀρχομένιος · Ὦ κάκιστε ἀνθρώπων, Ἀριαῖε, καὶ οἱ ἄλλοι ὅσοι ἦτε Κύρῳ φίλοι, οὐκ αἰσχύνεσθε οὔτε θεοὺς οὔτ' ἀνθρώπους, οἵτινες, ὁμό-

savoir des nouvelles de Proxène. Chirisophe ne se trouvait pas là : il était allé avec d'autres à un village pour chercher des vivres.

Quand on est à portée de la voix, Ariée parle ainsi : « Grecs, Cléarque, convaincu d'avoir manqué à ses serments et rompu la trêve, en a subi la peine : il est mort. Proxène et Ménon, qui ont dénoncé sa perfidie, sont en grand honneur. Quant à vous, le roi vous demande vos armes : il dit qu'elles sont à lui, puisqu'elles étaient à Cyrus, son esclave. » A cela les Grecs répondent par la bouche de Cléanor d'Orchomène : «O le plus méchant des hommes, Ariée, et vous tous qui étiez amis de Cyrus, n'avez-vous pas honte à la face des dieux et des hommes, vous qui, après avoir juré de

Ξενοφῶν δὲ Ἀθηναῖος	et d'autre-part Xénophon athénien
σὺν αὐτοῖς,	avec eux,
ὅπως μάθοι	afin qu'il eût appris
τὰ περὶ Προξένου ·	les choses sur Proxène;
Χειρίσοφος δὲ ἐτύγχανεν	et Chirisophe se trouvait
ἀπὼν ἔν τινι κώμῃ	étant-absent dans un village
σὺν ἄλλοις	avec d'autres
ἐπισιτιζόμενος.	faisant-des-provisions-de-vivres.
Ἐπεὶ δὲ ἔστησαν,	Or après qu'ils se tinrent
εἰς ἐπήκοον,	à *un endroit* d'où-la-voix-peut-être-
Ἀριαῖος εἶπε τάδε ·	Ariée dit ces choses-ci : [entendue,
Κλέαρχος μέν,	Cléarque d'une-part,
ὦ ἄνδρες Ἕλληνες,	ô hommes Grecs,
ἐπεὶ ἐφάνη ἐπιορκῶν τε	après qu'il a paru et se-parjuran:
καὶ λύων τὰς σπονδάς,	et déliant (rompant) les trêves,
ἔχει τὴν δίκην,	a le (son) châtiment,
καὶ τέθνηκε ·	et il est mort ;
Πρόξενος δὲ καὶ Μένων	d'autre-part Proxène et Ménon,
ἐπεὶ κατήγγειλαν	attendu qu'ils ont dénoncé
τὴν ἐπιβουλὴν αὐτοῦ,	l'embûche de lui,
εἰσὶν ἐν μεγάλῃ τιμῇ.	sont en grand honneur.
Ὁ δὲ βασιλεὺς ἀπαῖτει	Et le roi réclame
ὑμᾶς τὰ ὅπλα ·	à vous les (vos) armes :
φησὶ γὰρ	car il dit
εἶναι αὐτοῦ,	être (qu'elles sont) de (à) lui,
ἐπείπερ ἦσαν Κύρου	puisqu'elles étaient de (à) Cyrus
τοῦ δούλου ἐκείνου.	l'esclave de celui-là.
Οἱ Ἕλληνες ἀπεκρίναντο	Les Grecs répondirent
πρὸς ταῦτα,	à ces choses,
Κλεάνωρ δὲ Ὀρχομένιος	et Cléanor d'-Orchomène
ἔλεγεν ·	disait :
Ὦ κάκιστε ἀνθρώπων,	O le plus méchant des hommes,
Ἀριαῖε,	Ariée,
καὶ οἱ ἄλλοι	et les autres [rus,
ὅσοι ἦτε φίλοι Κύρῳ,	*vous* tous-qui étiez amis à (de) Cy-
οὐκ αἰσχύνεσθε	vous ne rougissez pas
οὔτε θεοὺς	ni *devant* les dieux
οὔτε ἀνθρώπους,	ni *devant* les hommes,
οἵτινες ὀμόσαντες ἡμῖν	*vous* qui ayant juré à nous [déreriez
νομιεῖν	devoir considérer (que vous consi-

σαντες ἡμῖν τοὺς αὐτοὺς φίλους καὶ ἐχθροὺς νομιεῖν, προδόντες ἡμᾶς σὺν Τισσαφέρνει τῷ ἀθεωτάτῳ τε καὶ πανουργοτάτῳ, τούς τε ἄνδρας αὐτοὺς, οἷς ὤμνυτε ἀπολωλέκατε, καὶ τοὺς ἄλλους ἡμᾶς προδεδωκότες, σὺν τοῖς πολεμίοις ἐφ' ἡμᾶς ἔρχεσθε; Ὁ δὲ Ἀριαῖος εἶπε· Κλέαρχος γὰρ πρόσθεν ἐπιβουλεύων φανερὸς ἐγένετο Τισσαφέρνει τε καὶ Ὀρόντᾳ καὶ πᾶσιν ἡμῖν τοῖς σὺν τούτοις. Ἐπὶ τούτοις Ξενοφῶν τάδε εἶπε· Κλέαρχος μὲν τοίνυν, εἰ παρὰ τοὺς ὅρκους ἔλυε τὰς σπονδάς, τὴν δίκην ἔχει· δίκαιον γὰρ ἀπόλλυσθαι τοὺς ἐπιορκοῦντας· Πρόξενος δὲ καὶ Μένων ἐπείπερ εἰσὶν ὑμέτεροι μὲν εὐεργέται, ἡμέτεροι δὲ στρατηγοί, πέμψατε αὐτοὺς δεῦρο· δῆλον γὰρ ὅτι φίλοι γε ὄντες ἀμφοτέροις πειράσονται καὶ ὑμῖν καὶ ἡμῖν τὰ βέλτιστα συμβου—

reconnaître les mêmes amis et les mêmes ennemis que nous, nous livrez à Tissapherne, le plus impie, le plus scélérat des traîtres; vous qui, après avoir si lâchement assassiné les dépositaires de votre serment et trahi les autres, marchez contre nous avec nos ennemis? » Ariée réplique : « Cléarque a été convaincu de tramer depuis longtemps contre Tissapherne, contre Orontas et contre nous tous qui sommes avec eux. » Xénophon lui répond : « Cléarque, je le veux bien, s'il a violé ses serments et la trêve, a la peine qu'il mérite : car c'est justice que les traîtres périssent. Mais Proxène, mais Ménon, qui sont vos bienfaiteurs et nos stratéges, renvoyez-les ici. Il est certain qu'étant vos amis et les nôtres, ils s'efforceront de nous donner à vous et à nous les meilleurs

τοὺς αὐτοὺς	les mêmes
φίλους καὶ ἐχθρούς,	*comme* amis et ennemis,
προδόντες ἡμᾶς	ayant trahi nous
σὺν Τισσαφέρνει	avec Tissapherne
τῷ ἀθεωτάτῳ τε	et le plus impie
καὶ πανουργοτάτῳ,	et le plus scélérat,
ἀπολωλέκατέ τε	et avez fait-périr
τοὺς ἄνδρας αὐτοὺς	les hommes eux-mêmes
οἷς ὤμνυτε,	auxquels vous juriez,
καὶ προδεδωκότες	et ayant trahi
ἡμᾶς τοὺς ἄλλους,	nous les autres,
ἔρχεσθε ἐπὶ ἡμᾶς	marchez contre nous
σὺν τοῖς πολεμίοις;	avec les ennemis?
Ὁ δὲ Ἀριαῖος εἶπεν·	Et Ariée dit:
Κλέαρχος γὰρ	Cléarque en effet
ἐγένετο πρόσθεν φανερὸς	était devenu auparavant visible
ἐπιβουλεύων	tendant-des-embûches
Τισσαφέρνει τε	et à Tissapherne
καὶ Ὀρόντᾳ	et à Oronte
καὶ ἡμῖν πᾶσιν	et à nous tous
τοῖς σὺν τούτοις.	ceux *étant* avec ceux-ci.
Ἐπὶ τούτοις	Sur ces choses
Ξενοφῶν εἶπε τάδε·	Xénophon dit ceci :
Κλέαρχος μὲν τοίνυν,	Cléarque d'une-part donc.
εἰ ἔλυε τὰς σπονδὰς	s'il déliait (rompait) les trêves
παρὰ τοὺς ὅρκους,	contre les serments,
ἔχει τὴν δίκην·	a le (son) châtiment :
δίκαιον γὰρ	car il *est* juste
τοὺς ἐπιορκοῦντας ἀπόλλυσθαι·	les se-parjurant périr;
Πρόξενος δὲ καὶ Μένων	Mais Proxène et Ménon
ἐπείπερ μέν εἰσι	puisque d'une-part ils sont
ὑμέτεροι εὐεργέται,	vos bienfaiteurs,
ἡμέτεροι δὲ στρατηγοί,	d'autre-part nos stratéges,
πέμψατε αὐτοὺς δεῦρο·	ayez envoyé eux ici;
δῆλον γὰρ ὅτι	car il *est* évident que
ὄντες φίλοι γε	étant amis du moins
ἀμφοτέροις	à tous deux (aux uns et aux autres)
πειράσονται συμβουλεύειν	ils tâcheront de conseiller
καὶ ὑμῖν καὶ ἡμῖν	et à vous et à nous
τὰ βέλτιστα.	les meilleures choses

λεύειν. Πρὸς ταῦτα οἱ βάρβαροι πολὺν χρόνον διαλεχθέντες ἀλλήλοις ἀπῆλθον οὐδὲν ἀποκρινάμενοι.

VI. Οἱ μὲν δὴ στρατηγοὶ οὕτω ληφθέντες ἀνήχθησαν ὡς βασιλέα, καὶ ἀποτμηθέντες τὰς κεφαλὰς ἐτελεύτησαν, εἷς μὲν αὐτῶν Κλέαρχος ὁμολογουμένως ἐκ πάντων τῶν ἐμπείρως αὐτοῦ ἐχόντων δόξας γενέσθαι ἀνὴρ καὶ πολεμικὸς καὶ φιλοπόλεμος ἐσχάτως. Καὶ γὰρ δὴ ἕως μὲν πόλεμος ἦν τοῖς Λακεδαιμονίοις πρὸς τοὺς Ἀθηναίους, παρέμενεν· ἐπεὶ δὲ εἰρήνη ἐγένετο, πείσας τὴν αὐτοῦ πόλιν ὡς οἱ Θρᾷκες ἀδικοῦσι τοὺς Ἕλληνας, καὶ διαπραξάμενος, ὡς ἐδύνατο, παρὰ τῶν ἐφόρων ἐξέπλει ὡς πολεμήσων τοῖς ὑπὲρ Χερρονήσου[1] καὶ Περίνθου[2] Θρᾳξίν. Ἐπεὶ δὲ μεταγνόντες πως οἱ ἔφοροι, ἤδη ἔξω ὄντος αὐτοῦ, ἀποστρέ-

conseils. » Alors les barbares tiennent entre eux une longue conférence, et se retirent sans rien répondre.

VI. Les généraux qu'on avait ainsi arrêtés sont conduits au roi, qui leur fait trancher la tête : telle fut leur fin. L'un d'eux, Cléarque, de l'aveu de tous ceux qui le pratiquèrent, passait pour un soldat, pour un homme de guerre dans toute la force de l'expression. Tant que les Lacédémoniens furent en lutte avec les Athéniens, il demeura en Grèce. A la paix, il persuada à ses concitoyens que les Thraces faisaient du tort aux Grecs, gagna, comme il put, les éphores, et mit à la voile pour aller guerroyer contre les Thraces qui habitent au-dessus de la Chersonèse et de Périnthe. Les éphores, ayant changé d'avis après son départ, essayèrent de

Πρὸς ταῦτα οἱ βάρβαροι
διαλεχθέντες ἀλλήλοις
πολὺν χρόνον,
ἀπῆλθον
ἀποκρινάμενοι οὐδέν.
 VI. Οἱ μὲν δὴ στρατηγοὶ
ληφθέντες οὕτω
ἀνήχθησαν ὡς βασιλέα
καὶ ἀποτμηθέντες
τὰς κεφαλὰς
ἐτελεύτησαν,
εἷς μὲν αὐτῶν Κλέαρχος
δόξας ὁμολογουμένως
ἐκ πάντων τῶν ἐχόντων
ἐμπείρως αὐτοῦ
γενέσθαι ἀνὴρ
καὶ πολεμικὸς
καὶ φιλοπόλεμος
εσχάτως.
Καὶ γὰρ δὴ
ἕως μὲν πόλεμος
ἦν τοῖς Λακεδαιμονίοις
πρὸς τοὺς Ἀθηναίους,
παρέμενεν·
ἐπεὶ δὲ εἰρήνη ἐγένετο,
πείσας τὴν πόλιν αὐτοῦ
ὡς οἱ Θρᾷκες
ἀδικοῦσι τοὺς Ἕλληνας
καὶ διαπραξάμενος
παρὰ τῶν ἐφόρων,
ὡς ἐδύνατο,
ἐξέπλει
ὡς πολεμήσων
τοῖς Θραξὶν
ὑπὲρ Χερρονήσου
καὶ Περίνθου.
Ἐπεὶ δὲ οἱ ἔφοροι
μεταγνόντες πως,
αὐτοῦ ὄντος ἤδη ἔξω,
ἐπειρῶντο ἀποστρέφειν

A ces choses les barbares
ayant parlé les-uns-aux-autres
beaucoup de temps,
s'éloignèrent
n'ayant répondu rien.
 VI. D'une-part donc les stratéges
ayant été pris ainsi
furent conduits-en-haut vers le roi,
et ayant été coupés
quant aux têtes
ils finirent *leur vie*,
l'un d'eux Cléarque
ayant paru de-l'-aveu
de tous ceux étant
avec-expérience de lui
avoir été un homme
et habile-à-la-guerre
et aimant-la-guerre
au-dernier–point.
En effet-certes
tant-que d'une-part la guerre
était aux Lacédémoniens
contre les Athéniens,
il resta;
mais après que la paix fut,
ayant persuadé la ville de lui-même
que les Thraces
font-du-tort aux Grecs,
et ayant obtenu
de la part des éphores
comme il pouvait,
il s'embarquait
comme devant faire-la-guerre
aux Thraces
étant au-dessus de la Chersonèse
et de Périnthe.
Mais après que les éphores [façon,
ayant changé–d'-avis en-quelque-
lui étant déjà dehors,
s'efforcaient de détourner

φειν αὐτὸν ἐπειρῶντο ἐξ Ἰσθμοῦ[1], ἐνταῦθα οὐκέτι πείθεται, ἀλλ' ᾤχετο πλέων εἰς Ἑλλήσποντον[2]. Ἐκ τούτου καὶ ἐθανατώθη ὑπὸ τῶν τε τῇ Σπάρτῃ τελῶν ὡς ἀπειθῶν· ἤδη δὲ φυγὰς ὢν ἔρχεται πρὸς Κῦρον, καὶ ὁποίοις μὲν λόγοις ἔπεισε Κῦρον, ἄλλη γέγραπται, δίδωσι δὲ αὐτῷ Κῦρος μυρίους δαρεικούς[3]. Ὁ δὲ λαβὼν οὐκ ἐπὶ ῥαθυμίαν ἐτράπετο, ἀλλ' ἀπὸ τούτων τῶν χρημάτων συλλέξας στράτευμα ἐπολέμει τοῖς Θραξί, καὶ μάχῃ τε ἐνίκησε, καὶ ἀπὸ τούτου δὴ ἔφερε καὶ ἦγε τούτους, καὶ πολεμῶν διεγένετο, μέχρι Κῦρος ἐδεήθη τοῦ στρατεύματος· τότε δὲ ἀπῆλθεν ὡς σὺν ἐκείνῳ αὖ πολεμήσων.

Ταῦτα οὖν φιλοπολέμου μοι δοκεῖ ἀνδρὸς ἔργα εἶναι, ὅστις, ἐξὸν μὲν εἰρήνην ἔχειν ἄνευ αἰσχύνης καὶ βλάβης, αἱρεῖται πολεμεῖν, ἐξὸν δὲ ῥαθυμεῖν, βούλεται πονεῖν ὥστε πολεμεῖν,

le faire revenir de l'isthme; mais il n'obéit point, et fit voile vers l'Hellespont. Les magistrats de Sparte le condamnèrent à mort pour refus d'obéissance. Dès lors, n'ayant plus de patrie, il vient trouver Cyrus et gagne sa confiance par des discours que nous avons cités ailleurs. Cyrus lui donne dix mille dariques. Celui-ci les reçoit, mais ne s'abandonne point à l'inaction; il se sert de cette somme pour lever une armée, et fait la guerre aux Thraces. Vainqueur dans un combat, il pille et ravage leur pays, et continue les hostilités jusqu'à ce que Cyrus ait besoin de ses troupes : il part alors avec Cyrus pour une autre campagne.

Ce sont bien là les actes d'un vrai soldat, qui, libre de vivre en paix sans honte et sans dommage, préfère la guerre; libre de ne rien faire, aime mieux s'imposer les fatigues de la guerre; libre

αὐτὸν ἐξ Ἰσθμοῦ,	lui de l'Isthme,
ἐνταῦθα οὐκέτι πείθεται,	là (alors) il n'obéit plus,
ἀλλὰ ᾤχετο	mais il s'en allait
πλέων εἰς Ἑλλήσποντον.	naviguant vers l'Hellespont.
Ἐκ τούτου	A-la-suite-de cela
καὶ ἐθανατώθη	il fut même condamné-à-mort
ὑπὸ τῶν τελῶν ἐν Σπάρτῃ	par les magistrats dans Sparte
ὡς ἀπειθῶν·	comme désobéissant;
ὢν δὲ ἤδη φυγὰς	et étant dès-lors fugitif
ἔρχεται πρὸς Κῦρον,	il va vers Cyrus,
καὶ γέγραπται ἄλλη	et il a été écrit ailleurs
ὁποίοις μὲν λόγοις	par quels discours d'une-part
ἔπεισε Κῦρον,	il persuada Cyrus,
Κῦρος δὲ δίδωσιν αὐτῷ	d'autre-part Cyrus donne à lui
μυρίους δαρεικούς.	dix-mille dariques.
Ὁ δὲ λαβὼν	Mais celui-ci *les* ayant reçues
οὐκ ἐτράπετο	ne se-tourna pas
ἐπὶ ῥᾳθυμίαν,	vers la nonchalance,
ἀλλὰ συλλέξας στράτευμα	mais ayant réuni une armée
ἀπὸ τούτων τῶν χρημάτων,	de (avec) ces richesses,
ἐπολέμει τοῖς Θραξί,	il faisait-la-guerre aux Thraces,
καὶ ἐνίκησέ τε μάχῃ,	et il les vainquit *dans* un combat,
καὶ ἀπὸ τούτου δὴ	et à-partir-de ceci certes
ἔφερε καὶ ἦγε τούτους,	il emportait et emmenait ceux-ci,
καὶ διεγένετο πολεμῶν,	et il continua faisant-la-guerre,
μέχρι Κῦρος ἐδεήθη	jusqu'à-ce-que Cyrus eût-besoin
τοῦ στρατεύματος·	de l'armée;
τότε δὲ ἀπῆλθε	et alors il s'en alla
ὡς πολεμήσων	comme devant-faire-la-guerre
σὺν ἐκείνῳ αὖ.	avec celui-là d'un-autre-côté.
Ταῦτα οὖν δοκεῖ μοι	Ces choses donc paraissent à moi
εἶναι ἔργα ἀνδρὸς	être des œuvres d'un homme
φιλοπολέμου,	aimant-la-guerre,
ὅστις, ἐξὸν μὲν	*lui* qui, étant-permis d'une-part
ἔχειν εἰρήνην	d'avoir la paix
ἄνευ αἰσχύνης καὶ βλάβης,	sans honte et dommage,
αἱρεῖται πολεμεῖν,	préfère faire-la-guerre,
ἐξὸν δὲ ῥαθυμεῖν,	d'autre-part étant-permis d'être-
βούλεται πονεῖν	veut se fatiguer [nonchalant,
ὥστε πολεμεῖν,	pour faire-la-guerre,

ἐξὸν δὲ χρήματα ἔχειν ἀκινδύνως, αἱρεῖται πολεμῶν μείονα ταῦτα ποιεῖν. Ἐκεῖνος δὲ ὥσπερ εἰς παιδικὰ ἢ εἰς ἄλλην τινὰ ἡδονὴν ἤθελε δαπανᾶν εἰς πόλεμον· οὕτω μὲν φιλοπόλεμος ἦν.

Πολεμικὸς δὲ αὖ ταύτῃ ἐδόκει εἶναι ὅτι φιλοκίνδυνός τε ἦν, καὶ ἡμέρας καὶ νυκτὸς ἄγων ἐπὶ τοὺς πολεμίους, καὶ ἐν τοῖς δεινοῖς φρόνιμος, ὡς οἱ παρόντες πανταχοῦ πάντες ὡμολόγουν. Καὶ ἀρχικὸς δ' ἐλέγετο εἶναι· ὡς δυνατὸν ἐκ τοῦ τοιούτου τρόπου οἷον κἀκεῖνος εἶχεν· ἱκανὸς μὲν γὰρ ὥς τις καὶ ἄλλος φροντίζειν ἦν, ὅπως ἔχοι ἡ στρατιὰ αὐτῷ τὰ ἐπιτήδεια, καὶ παρασκευάζειν ταῦτα, ἱκανὸς δὲ καὶ ἐμποιῆσαι τοῖς παροῦσιν ὡς πειστέον εἴη Κλεάρχῳ. Τοῦτο δ' ἐποίει ἐκ τοῦ χαλεπὸς εἶναι·

d'avoir des richesses sans danger, préfère posséder moins, pourvu qu'il fasse la guerre. C'est à la guerre qu'il dépensait son argent, comme on le dépense en amour ou en autres plaisirs, tant il était passionné pour la guerre.

Pour son talent militaire, en voici la preuve. Il aimait le danger; la nuit comme le jour, il conduisait les siens à l'ennemi, et, dans les occasions périlleuses, il était prudent, ainsi que l'attestent tous ceux qui l'y ont vu. On le disait habile à commander autant qu'on le pouvait attendre d'un homme de son humeur. Car s'il était capable, aussi bien que personne, de songer à fournir à ses troupes les objets nécessaires, et à prendre pour cela les précautions voulues, il ne savait pas moins amener ceux qui le suivaient à obéir à Cléarque. Il y arrivait, du reste, par la sévérité :

ἐξὸν δὲ ἔχειν χρήματα	d'autre-part étant-permis d'avoir
ἀκινδύνως	sans-danger, [des richesses
αἱρεῖται πολεμῶν	préfère faisant-la-guerre
ποιεῖν ταῦτα μείονα.	faire (rendre) celles-ci moindres.
Ἐκεῖνος δὲ ἤθελε	Et celui-là voulait (aimait à)
δαπανᾶν εἰς πόλεμον	dépenser pour la guerre
ὥσπερ εἰς παιδικὰ	comme pour des mignons
ἢ εἴς τινα ἄλλην ἡδονήν·	ou pour quelque autre plaisir;
οὕτω ἦν μὲν	tellement il était d'une-part
φιλοπόλεμος.	aimant-la-guerre.
Ἐδόκει δὲ εἶναι αὖ	Et il paraissait être d'un autre-côté
πολεμικὸς ταύτῃ	habile-dans-la-guerre en-ceci
ὅτι ἦν τε	que et il était
φιλοκίνδυνος	aimant-le-danger
καὶ ἀγὼν	et conduisant *les troupes*
ἡμέρας καὶ νυκτὸς	de jour et de nuit
ἐπὶ τοὺς πολεμίους.	vers (contre) les ennemis,
καὶ φρόνιμος	et *il était* prudent
ἐν τοῖς δεινοῖς,	dans les dangers,
ὡς οἱ παρόντες πανταχοῦ	comme ceux étant-présents partout
ὡμολόγουν πάντες.	*l'*avouaient tous.
Καὶ ἐλέγετο εἶναι	Et il était dit être
ἀρχικός δέ,	habile-à-commander d'autre-part,
ὡς δυνατὸν	comme *cela est* possible
ἐκ τοῦ τρόπου τοιούτου	en-conséquence du caractère tel
οἷον καὶ ἐκεῖνος εἶχεν·	que lui aussi avait;
ἦν γὰρ μὲν ἱκανὸς	car il était d'une-part capable
ὡς τις καὶ ἄλλος,	comme quelque autre aussi *est ca-*
φροντίζειν	de s'occuper [*pable*
ὅπως ἡ στρατιὰ αὐτῷ	comment l'armée à lui
ἔχοι τὰ ἐπιτήδεια,	aurait les choses nécessaires,
καὶ παρασκευάζειν ταῦτα,	et *de* préparer ces choses,
ἱκανὸς δὲ καὶ	d'autre-part *il était* capable aussi
ἐμποιῆσαι τοῖς παροῦσιν	d'avoir inspiré à ceux étant-présents
ὡς εἴη πειστέον	qu'il était à-obéir (qu'il fallait obéir)
Κλεάρχῳ.	à Cléarque.
Ἐποίει δὲ τοῦτο	Or il faisait ceci
ἐκ τοῦ εἶναι χαλεπός·	par *le* être difficile;
καὶ γὰρ ἦν	en effet il était
στυγνὸς ὁρᾶν	dur à voir

καὶ γὰρ ὁρᾶν στυγνὸς ἦν καὶ τῇ φωνῇ τραχύς, ἐκόλαζέ τε ἀεὶ
ἰσχυρῶς, καὶ ὀργῇ ἐνίοτε, ὡς καὶ αὐτῷ μεταμέλειν ἔσθ' ὅτε.
Καὶ γνώμῃ δ' ἐκόλαζεν· ἀκολάστου γὰρ στρατεύματος οὐδὲν
ἡγεῖτο ὄφελος εἶναι. Ἀλλὰ καὶ λέγειν αὐτὸν ἔφασαν ὡς δέοι τὸν
στρατιώτην φοβεῖσθαι μᾶλλον τὸν ἄρχοντα ἢ τοὺς πολεμίους,
εἰ μέλλοι ἢ φυλακὰς φυλάξειν ἢ φίλων ἀφέξεσθαι ἢ ἀπροφασί-
στως ἰέναι πρὸς τοὺς πολεμίους. Ἐν μὲν οὖν τοῖς δεινοῖς ἤθελον
αὐτοῦ ἀκούειν σφόδρα καὶ οὐκ ἄλλον ἡροῦντο οἱ στρατιῶται·
καὶ γὰρ τὸ στυγνὸν τότε φαιδρὸν αὐτοῦ ἐν τοῖς προσώποις ἔφασαν
φαίνεσθαι, καὶ τὸ χαλεπὸν ἐῤῥωμένον πρὸς τοὺς πολεμίους ἐδόκει εἶναι, ὥστε σωτήριον καὶ οὐκέτι χαλεπὸν ἐφαίνετο. Ὅτε
δ' ἔξω τοῦ δεινοῦ γένοιντο καὶ ἐξείη πρὸς ἄλλους ἀρχομένους

il avait l'air dur, la voix rude, il punissait toujours avec rigueur,
parfois avec colère, au point qu'il s'en est plus d'une fois repenti. Il
châtiait pourtant par système, convaincu qu'une armée sans discipline ne sert de rien. On prétend même qu'il disait que le soldat
doit plus craindre son chef que les ennemis, soit qu'on lui ordonne
de garder un poste, d'épargner les terres amies, ou de marcher
résolûment à l'ennemi. Aussi, dans les dangers, c'est lui qu'on
écoutait le plus volontiers, et les soldats ne lui préféraient personne. Alors la rudesse de sa physionomie prenait, dit-on, une
teinte plus douce, et sa dureté ne paraissait plus être qu'une mâle
assurance en face des ennemis. Ce n'était plus, aux yeux de tous,
qu'un gage de salut, et non pas un objet d'effroi. Mais, le danger
évanoui, dès qu'on voyait jour à passer sous d'autres chefs, on

καὶ τραχὺς τῇ φωνῇ,	et rude par la voix,
ἐκόλαζέ τε ἀεὶ	et il punissait toujours
ἰσχυρῶς,	fortement,
καὶ ἐνίοτε ὀργῇ	et quelquefois par colère, [été à lui
ὡς καὶ μεταμέλειν αὐτῷ	au point que même repentir-avoir
ἔστιν ὅτε.	il est des-cas-où (quelquefois).
Καὶ ἐκόλαζε	Et il punissait
γνώμῃ δέ·	avec-intention d'autre-part;
ἡγεῖτο γὰρ	car il pensait
οὐδὲν ὄφελος εἶναι	aucune utilité être
στρατεύματος ἀκολάστου.	d'une armée non-retenue.
Ἀλλὰ καὶ ἔφασαν	Mais même on prétendait
αὐτὸν λέγειν	lui dire
ὡς δέοι τὸν στρατιώτην	qu'il fallait le soldat
φοβεῖσθαι μᾶλλον τὸν ἄρχοντα	craindre plus le commandant
ἢ τοὺς πολεμίους,	que les ennemis,
εἰ μέλλοι	si il devait
ἢ φυλάξειν φυλακὰς	ou garder des gardes,
ἢ ἀφέξεσθαι φίλων	ou s'abstenir d' (épargner des) amis
ἢ ἰέναι ἀποφασίστως	ou marcher sans-chercher-des-pré-
πρὸς τοὺς πολεμίους.	vers (contre) les ennemis. [textes
Ἐν μὲν οὖν τοῖς δεινοῖς	D'une-part donc dans les dangers
οἱ στρατιῶται ἤθελον	les soldats voulaient (consentaient à)
ἀκούειν αὐτοῦ σφόδρα,	écouter lui tout-à-fait,
καὶ οὐχ ᾑροῦντο ἄλλον·	et ne préféraient pas d'autre;
καὶ γὰρ ἔφασαν	car ils prétendaient
τὸ στυγνὸν φαίνεσθαι	le dur (la dureté) paraître
τότε φαιδρὸν	alors gai (de la gaîté)
ἐν τοῖς προσώποις αὐτοῦ,	sur les visages (le visage) de lui,
καὶ τὸ χαλεπὸν	et le difficile (sa rudesse)
ἐδόκει εἶναι ἐρρωμένον	paraissait être *quelque chose de* fort
πρὸς τοὺς πολεμίους,	envers (contre) les ennemis,
ὥστε ἐφαίνετο σωτήριον	de sorte que *cela* paraissait salutaire
καὶ οὐκέτι χαλεπόν.	et non-plus difficile (rude).
Ὅτε δὲ γένοιντο	Mais lorsqu'ils étaient
ἔξω τοῦ δεινοῦ	hors du danger
καὶ ἐξείη	et *qu'*il était-permis
ἀρχομένους	*eux* étant commandés
ἀπιέναι πρὸς ἄλλους,	aller vers d'autres,
πολλοὶ ἀπέλειπον αὐτόν·	beaucoup quittaient lui;

ἀπιέναι, πολλοὶ αὐτὸν ἀπέλειπον· τὸ γὰρ ἐπίχαρι οὐκ εἶχεν, ἀλλ' ἀεὶ χαλεπὸς ἦν καὶ ὠμός· ὥστε διέκειντο πρὸς αὐτὸν οἱ στρατιῶται ὥσπερ παῖδες πρὸς διδάσκαλον. Καὶ γὰρ οὖν φιλίᾳ μὲν καὶ εὐνοίᾳ ἑπομένους οὐδέποτε εἶχεν· οἵτινες δὲ ἢ ὑπὸ πόλεως τεταγμένοι ἢ ὑπὸ τοῦ δεῖσθαι ἢ ἄλλῃ τινὶ ἀνάγκῃ κατεχόμενοι παρείησαν αὐτῷ, σφόδρα πειθομένοις ἐχρῆτο. Ἐπεὶ δὲ ἤρξαντο νικᾶν σὺν αὐτῷ τοὺς πολεμίους, ἤδη μεγάλα ἦν τὰ χρησίμους ποιοῦντα εἶναι τοὺς σὺν αὐτῷ στρατιώτας· τό τε γὰρ πρὸς τοὺς πολεμίους θαῤῥαλέως ἔχειν παρῆν, καὶ τὸ τὴν παρ' ἐκείνου τιμωρίαν φοβεῖσθαι αὐτοὺς εὐτάκτους ἐποίει. Τοιοῦτος

l'abandonnait en foule. Cléarque, en effet, n'avait rien de gracieux; il était toujours dur et cruel, en sorte que ses soldats avaient pour lui les sentiments des enfants pour un pédagogue. Par suite, il n'eut jamais personne qui le suivît par amitié ou par dévouement; mais ceux que la patrie, le besoin, ou toute autre nécessité, avaient rangés sous ses ordres, il savait parfaitement les faire obéir. Dès qu'on eut commencé à vaincre sous lui, deux grands moyens lui créèrent d'excellents soldats, son intrépidité à toute épreuve contre les ennemis et une crainte du châtiment qui les rendait soumis à la discipline. Tel était Cléarque dans son commandement; mais il

οὐ γὰρ εἶχεν — car il n'avait pas
τὸ ἐπίχαρι· — le gracieux ;
ἀλλὰ ἦν ἀεὶ — mais il était toujours
χαλεπὸς καὶ ὠμὸς· — difficile et cruel ;
ὥστε οἱ στρατιῶται — de sorte que les soldats
διέκειντο — étaient disposés
πρὸς αὐτὸν — envers lui
ὥσπερ παῖδες — comme des enfants
πρὸς διδάσκαλον. — envers *leur* maître.
Καὶ γὰρ οὖν — En effet donc
οὐδέποτε — jamais
εἶχεν ἑπομένους — il n'avait *des hommes le* suivant
φιλίᾳ μὲν — par amitié d'une-part
καὶ εὐνοίᾳ· — et bienveillance ;
οἵτινες δὲ — mais tous-ceux-qui
παρείησαν αὐτῷ — étaient-auprès-de lui
ἢ τεταγμένοι — ou ordonnés (ayant reçu l'ordre)
ὑπὸ πόλεως — par *leur* ville
ἢ ὑπὸ τοῦ δεῖσθαι — ou par le avoir-besoin
ἢ κατεχόμενοί — ou étant tenus
τινι ἄλλῃ ἀνάγκῃ, — par quelque autre nécessité,
ἐχρῆτο — il se servait *d'eux*
σφόδρα πειθομένοις. — tout-à-fait obéissants.
Ἐπεὶ δὲ ἤρξαντο — Et après qu'ils eurent commencé
νικᾶν τοὺς πολεμίους — à vaincre les ennemis
σὺν αὐτῷ, — avec lui,
ἤδη μεγάλα ἦν — déjà des choses grandes étaient
τὰ ποιοῦντα — les faisant (qui faisaient)
τοὺς στρατιώτας — les soldats
σὺν αὐτῷ — *étant* avec lui
εἶναι χρησίμους· — être utiles *pour la guerre* ;
τό τε γὰρ ἔχειν — car et le être
θαῤῥαλέως — dans-une-disposition-hardie
πρὸς τοὺς πολεμίους — envers (contre) les ennemis
παρῆν, — était-présent *à lui*,
καὶ τὸ φοβεῖσθαι — et le redouter
τὴν τιμωρίαν — le châtiment
παρὰ ἐκείνου — de-la-part-de celui-là
ἐποίει αὐτοὺς εὐτάκτους. — rendait eux bien-rangés.
Ἦν μὲν δὴ — Il était d'une-part donc

μὲν δὴ ἄρχων ἦν· ἄρχεσθαι δὲ ὑπὸ ἄλλων οὐ μάλα ἐθέλειν
ἐλέγετο. Ἦν δέ, ὅτε ἐτελεύτα, ἀμφὶ τὰ πεντήκοντα ἔτη.

Πρόξενος δὲ ὁ Βοιώτιος εὐθὺς μὲν μειράκιον ὢν ἐπεθύμει γενέσθαι ἀνὴρ τὰ μεγάλα πράττειν ἱκανός· καὶ διὰ ταύτην τὴν
ἐπιθυμίαν ἔδωκε Γοργίᾳ[1] ἀργύριον τῷ Λεοντίνῳ[2]. Ἐπεὶ δὲ
συνεγένετο ἐκείνῳ, ἱκανὸς νομίσας ἤδη εἶναι καὶ ἄρχειν καὶ
φίλος ὢν τοῖς πρώτοις μὴ ἡττᾶσθαι εὐεργετῶν, ἦλθεν εἰς ταύτας
τὰς σὺν Κύρῳ πράξεις· καὶ ᾤετο κτήσεσθαι ἐκ τούτων ὄνομα
μέγα καὶ δύναμιν μεγάλην καὶ χρήματα πολλά. Τοσούτων δ᾽
ἐπιθυμῶν σφόδρα ἔνδηλον αὖ καὶ τοῦτο εἶχεν ὅτι τούτων οὐδὲν
ἂν θέλοι κτᾶσθαι μετὰ ἀδικίας, ἀλλὰ σὺν τῷ δικαίῳ καὶ καλῷ

ne voulut jamais, dit-on, subir celui d'un autre. Il avait, quand il
mourut, environ cinquante ans.

Proxène de Béotie, dès son enfance, désira devenir un homme
capable de grandes choses; et c'est ce désir qui lui fit prendre des
leçons payées de Gorgias de Léontini. Après avoir passé quelque
temps auprès de lui, se croyant alors de force à commander, et
pensant pouvoir, en étant l'ami des princes, payer leurs faveurs
par ses services, il se mêla aux affaires de Cyrus. Il espérait ac-
quérir un grand nom, un grand pouvoir, des sommes considéra-
bles. Mais, malgré cette ambition, il prouva toujours jusqu'à la
dernière évidence qu'il ne voulait rien obtenir par des moyens
injustes : c'était par la justice et la probité qu'il prétendait arriver

τοιοῦτος ἄρχων	tel en commandant;
ἐλέγετο δὲ	mais il était dit
οὐκ ἐθέλειν μάλα	ne pas vouloir beaucoup
ἄρχεσθαι ὑπὸ ἄλλων	être commandé par d'autres.
Ἦν δέ,	Et il était,
ὅτε ἐτελεύτα,	lorsqu'il finissait *sa vie*,
ἀμφὶ τὰ πεντήκοντα ἔτη·	autour des cinquante ans.
Πρόξενος δὲ ὁ Βοιώτιος	Et Proxène le béotien
εὐθὺς μὲν ὢν	tout-de-suite d'une-part étant
μειράκιον	tout-jeune-homme
ἐπεθύμει γενέσθαι	désirait être devenu
ἀνὴρ ἱκανὸς	un homme capable
πράττειν τὰ μέγαλα·	*de* faire les grandes choses;
καὶ ἔδωκε ἀργύριον	et il donna de l'argent
Γοργίᾳ Λεοντίνῳ	à Gorgias de-Léontini
διὰ ταύτην τὴν ἐπιθυμίαν·	à cause de ce désir;
ἐπεὶ δὲ	et après que
συνεγένετο σὺν ἐκείνῳ,	il eut été avec celui-là,
νομίσας εἶναι ἤδη ἱκανὸς	ayant pensé être dès-lors capable
καὶ ἄρχειν	et *de* commander
καὶ ὢν φίλος τοῖς πρώτοις	et étant ami aux premiers
μὴ ἡττᾶσθαι	*de* n'être pas inférieur
εὐεργετῶν,	en rendant-service,
ἦλθεν εἰς ταύτας τὰς πράξεις	il vint dans ces affaires-ci
σὺν Κύρῳ·	avec Cyrus;
καὶ ᾤετο κτήσεσθαι	et il pensait devoir posséder
ἐκ τούτων	de celles-ci
μέγα ὄνομα	un grand nom
καὶ μεγάλην δύναμιν	et une grande puissance
καὶ πολλὰ χρήματα·	et beaucoup de richesses.
Ἐπιθυμῶν δὲ σφόδρα	Mais désirant tout-à-fait
τοσούτων	des choses-si-grandes
εἶχεν αὖ	il avait d'un-autre-côté
καὶ τοῦτο ἔνδηλον	aussi cela évident
ὅτι θέλοι ἂν κτᾶσθαι	qu'il ne voudrait posséder
οὐδὲν τούτων	aucune de ces choses
μετὰ ἀδικίας,	avec injustice,
ἀλλὰ ᾤετο δεῖν	mais il pensait falloir
τυγχάνειν τούτων	obtenir celles-ci
σὺν τῷ δικαίῳ	avec le juste

ᾤετο δεῖν τούτων τυγχάνειν, ἄνευ δὲ τούτων μή. Ἄρχειν δὲ καλῶν μὲν καὶ ἀγαθῶν δυνατὸς ἦν· οὐ μέντοι οὔτ' αἰδῶ τοῖς στρατιώταις ἑαυτοῦ οὔτε φόβον ἱκανὸς ἐμποιῆσαι, ἀλλὰ καὶ ᾐσχύνετο μᾶλλον τοὺς στρατιώτας ἢ οἱ ἀρχόμενοι ἐκεῖνον, καὶ φοβούμενος μᾶλλον ἦν φανερὸς τὸ ἀπεχθάνεσθαι τοῖς στρατιώταις ἢ οἱ στρατιῶται τὸ ἀπιστεῖν ἐκείνῳ. Ὥιετο δὲ ἀρκεῖν πρὸς τὸ ἀρχικὸν εἶναι καὶ δοκεῖν τὸν μὲν καλῶς ποιοῦντα ἐπαινεῖν, τὸν δὲ ἀδικοῦντα μὴ ἐπαινεῖν. Τοιγαροῦν αὐτῷ οἱ μὲν καλοί τε κἀγαθοὶ τῶν συνόντων εὖνοι ἦσαν, οἱ δὲ ἄδικοι ἐπεβούλευον ὡς εὐμεταχειρίστῳ ὄντι. Ὅτε δὲ ἀπέθνησκεν, ἦν ἐτῶν ὡς τριάκοντα.

Μένων δὲ Θετταλὸς δῆλος ἦν ἐπιθυμῶν μὲν πλούτου ἰσχυ-

à son but; autrement, non. Il était d'une nature à commander à d'honnêtes gens; mais il n'avait pas ce qu'il faut pour inspirer à ses soldats le respect ou la crainte : il respectait ses soldats plus qu'il n'en était respecté, et l'on voyait trop qu'il craignait plus de se faire mal venir de ses soldats que les soldats de lui désobéir. Il pensait qu'il suffit, pour être un bon chef et le paraître, de donner des éloges à ceux qui font bien, et de n'en point donner à ceux qui se conduisent mal. De la sorte, les honnêtes gens placés sous ses ordres lui étaient dévoués, tandis que les méchants, le prenant aisément pour dupe, conspiraient contre lui. Quand il mourut, il avait près de trente ans.

Ménon de Thessalie ne dissimulait point sa soif des richesses. Il

καὶ καλῷ	et le beau (l'honnête),
ἄνευ δὲ τούτων,	mais sans ces choses,
μή.	non.
Δυνατὸς δὲ ἦν	Et il était pouvant [honnêtes
ἄρχειν καλῶν μὲν	commander d'une-part des *gens*
καὶ ἀγαθῶν,	et bons,
οὐ μέντοι ἱκανὸς	non cependant capable
ἐμποιῆσαι τοῖς στρατιώταις	d'avoir inspiré aux soldats
οὔτε αἰδῶ ἑαυτοῦ	ni respect de lui-même,
οὔτε φόβον,	ni crainte,
ἀλλὰ καὶ ᾐσχύνετο	mais même il rougissait
τοὺς στρατιώτας	*devant* les soldats [commandait)
μᾶλλον ἢ ἀρχόμενοι	plus que les commandés (ceux qu'il
ἐκεῖνον,	*devant* celui-là,
καὶ ἦν φανερὸς φοβούμενος	et il était visible craignant
τὸ ἀπαχθάνεσθαι τοῖς στρατιώ-	le déplaire à ses soldats
μᾶλλον ἢ οἱ στρατιῶται: [ταις	plus que les soldats
τὸ ἀπιστεῖν ἐκείνῳ.	le désobéir à celui-là.
Ὤετο δὲ ἀρχεῖν	Et il pensait suffire (qu'il suffisait)
πρὸς τὸ εἶναι καὶ δοκεῖν	pour le être et paraître
ἀρχικὸν	habile-à-commander
ἐπαινεῖν	*de* louer
τὸν μὲν ποιοῦντα καλῶς,	celui d'une-part faisant bien,
μὴ ἐπαινεῖν	*de* ne pas louer
τὸν ἀδικοῦντα.	celui étant-injuste.
Τοιγαροῦν	Aussi-donc
οἱ μὲν καλοί τε	ceux d'une-part et honnêtes
καὶ ἀγαθοὶ	et bons
τῶν συνόντων	des *gens* étant-avec *lui*,
ἦσαν εὔνοι αὐτῷ,	étaient bien-disposés pour lui,
οἱ δὲ ἄδικοι	mais les injustes
ἐπεβούλευον	tendaient-des-embûches-à *lui*
ὡς ὄντι εὐμεταχειρίστῳ.	comme étant facile-à-prendre.
Ὅτε δὲ ἀπέθνησκεν,	Et lors qu'il mourait,
ἦν ὡς	il était comme (environ)
τριάκοντα ἐτῶν.	de trente ans.
Μένων δὲ Θετταλὸς	Et Ménon Thessalien
ἦν δῆλος	était évident
ἐπιθυμῶν μὲν	désirant d'une-part
ἰσχυρῶς πλούτου,	fortement la richesse,

ρῶς, ἐπιθυμῶν δὲ ἄρχειν, ὅπως πλείω λαμβάνοι, ἐπιθυμῶν δὲ
τιμᾶσθαι, ἵνα πλείω κερδαίνοι· φίλος τε ἐβούλετο εἶναι τοῖς
μέγιστα δυναμένοις, ἵνα ἀδικῶν μὴ διδοίη δίκην. Ἐπὶ δὲ τὸ
κατεργάζεσθαι ὧν ἐπιθυμοίη συντομωτάτην ᾤετο ὁδὸν εἶναι διὰ
τοῦ ἐπιορκεῖν τε καὶ ψεύδεσθαι καὶ ἐξαπατᾶν, τὸ δ' ἁπλοῦν καὶ
τὸ ἀληθὲς τὸ αὐτὸ τῷ ἠλιθίῳ εἶναι. Στέργων δὲ φανερὸς μὲν ἦν
οὐδένα, ὅτῳ δὲ φαίη φίλος εἶναι, τούτῳ ἔνδηλος ἐγίγνετο ἐπι-
βουλεύων· καὶ πολεμίου μὲν οὐδενὸς κατεγέλα, τῶν δὲ συνόντων
πάντων ὡς καταγελῶν ἀεὶ διελέγετο. Καὶ τοῖς μὲν τῶν πολεμίων κτήμασιν οὐκ ἐπεβούλευε· χαλεπὸν γὰρ ᾤετο εἶναι τὰ τῶν
φυλαττομένων λαμβάνειν· τὰ δὲ τῶν φίλων μόνος ᾤετο εἰδέ-
ναι ῥᾷστον ὃν ἀφύλακτα λαμβάνειν. Καὶ ὅσους μὲν αἰσθά-

n'aspirait au commandement que pour gagner davantage, désirant
les honneurs pour faire plus de profits ; il ne voulait être l'ami des
puissants que pour être impunément injuste. Pour arriver à ce
qu'il désirait, il regardait comme la voie la plus courte le parjure,
le mensonge, la fourberie : la loyauté et la probité lui paraissaient
une niaiserie. On voyait qu'il n'aimait personne ; et ceux dont il se
disait l'ami, il leur tendait ostensiblement des piéges. Jamais il
ne se moquait d'un ennemi ; mais il ne parlait point avec ceux de
son entourage sans se moquer d'eux. Il ne cherchait point à s'em-
parer des biens des ennemis, par ce qu'il ne croyait pas facile de
prendre ce qui est bien gardé ; mais, seul entre tous, il croyait
très-facile de prendre le bien mal gardé d'un ami. Tout ce qu'il

ἐπιθυμῶν δὲ ἄρχειν,	désirant d'autre-part commander
ὅπως λαμβάνοι	afin qu'il prît
πλείω,	des choses plus nombreuses
ἐπιθυμῶν δὲ τιμᾶσθαι	désirant d'autre-part être honoré
ὅπως κερδαίνοι πλείω·	afin qu'il fît-des-profits plus nom-
ἐβούλετό τε εἶναι φίλος	et il voulait être ami [breux;
τοῖς δυναμένοις μέγιστα,	à ceux pouvant le plus,
ἵνα ἀδικῶν	afin que étant-injuste [ment.
μὴ διδοίη δίκην.	il ne donnât (subît) pas de châti-
Ὤετο δὲ	Et il pensait
ὁδὸν συντομωτάτην	la route la plus abrégée
ἐπὶ τὸ κατεργάζεσθαι	vers le effectuer
ὧν ἐπιθυμοίη,	les choses qu'il désirait
εἶναι διὰ τοῦ	être par ceci
ἐπιορκεῖν τε	et se parjurer
καὶ ψεύδεσθαι καὶ ἐξαπατᾶν,	et mentir et tromper,
τὸ δὲ ἁπλοῦν καί τὸ ἀληθὲς	et le simple et le vrai
εἶναι τὸ αὐτὸ	être la même chose
τῷ ἠλιθίῳ.	au (que le) niais.
Φάνερος δὲ ἦν μὲν	Et il était visible d'une-part
στεργῶν οὐδένα,	ne chérissant personne,
ἐγίγνετο δὲ ἔνδηλος	et il était manifestee
ἐπιβουλεύων	tendant-des-embûches
ὅτῳ φαίη	à tout-homme-à qui il prétendait
εἶναι φίλος·	être ami;
καὶ κατεγέλα	et il ne se moquait
οὐδένος πολεμίου μέν,	d'aucun ennemi d'une-part,
διελέγετο δὲ ἀεὶ	mais il parlait toujours
ὡς κατεγελῶν	comme se moquant
πάντων τῶν συνόντων.	de tous ceux étant-avec lui.
Καὶ οὐκ ἐπεβούλευε	Et il ne tendait-pas-d'embûches
τοῖς μὲν κτήμασι τῶν πολεμίων·	d'une-part aux biens des ennemis;
ᾤετο γὰρ	car il croyait [gardent
λαμβάνειν τὰ τῶν φυλαττομένων	prendre les biens de ceux qui-se-
εἶναι χαλεπόν·	être difficile;
ᾤετο δὲ μόνος εἰδέναι	mais il croyait seul savoir
ὃν ῥᾷστον	étant (qu'il est) très-facile
λαμβάνειν τὰ τῶν φίλων	de prendre les biens des amis
ἀφύλακτα.	biens non-gardés.
Καὶ ὅσους μὲν	Et tous ceux que d'une-part

νοιτο ἐπιόρχους καὶ ἀδίκους ὡς εὖ ὡπλισμένους ἐφοβεῖτο, τοῖς δ' ὁσίοις καὶ ἀλήθειαν ἀσκοῦσιν ὡς ἀνάνδροις ἐπειρᾶτο χρῆσθαι.

Ὥσπερ δέ τις ἀγάλλεται ἐπὶ θεοσεβείᾳ καὶ ἀληθείᾳ καὶ δικαιότητι, οὕτω Μένων ἠγάλλετο τῷ ἐξαπατᾶν δύνασθαι, τῷ πλάσασθαι ψευδῆ, τῷ φίλους διαγελᾶν· τὸν δὲ μὴ πανοῦργον τῶν ἀπαιδεύτων ἀεὶ ἐνόμιζεν εἶναι. Καὶ παρ' οἷς μὲν ἐπεχείρει πρωτεύειν φιλίᾳ, διαβάλλων τοὺς πρώτους,. τούτους ᾤετο δεῖν κτήσασθαι. Τὸ δὲ πειθομένους τοὺς στρατιώτας παρέχεσθαι ἐκ τοῦ συναδικεῖν αὐτοῖς ἐμηχανᾶτο· τιμᾶσθαι δὲ καὶ θεραπεύεσθαι ἠξίου ἐπιδεικνύμενος ὅτι πλεῖστα δύναιτο καὶ ἐθέλοι ἂν ἀδικεῖν· εὐεργεσίαν δὲ κατέλεγεν, ὁπότε τις αὐτοῦ ἀφίστατο, ὅτι χρώμενος αὐτῷ οὐκ ἀπώλεσεν αὐτόν.

Καὶ τὰ μὲν δὴ ἀφανῆ ἔξεστι περὶ αὐτοῦ ψεύδεσθαι, ἃ δὲ

connaissait de parjures et de scélérats, il en avait peur comme de gens aguerris; mais tous ceux qui étaient pieux et vrais, il en tirait profit comme n'étant pas des hommes.

Comme on voit quelqu'un faire gloire de sa piété, de sa franchise, de sa droiture, ainsi Ménon se targuait de savoir tromper, forger un mensonge, railler ses amis, et il regardait les gens sans friponnerie comme des hommes mal élevés. Quand il voulait être le premier dans l'affection d'un autre, il calomniait les premiers occupants, convaincu que c'était le moyen de gagner son estime. Pour se faire obéir des soldats, il se faisait complice de leurs scélératesses. Il voulait se faire honorer et courtiser, tout en montrant qu'il avait plus que personne le pouvoir et la volonté de nuire. Il appelait rendre un service, si l'on venait à l'abandonner, de n'avoir pas perdu celui dont il s'était servi.

On peut se tromper sur des faits peu connus; mais, ce que tout

αἰσθάνοιτο	il sentait
ἐπιόρκους καὶ ἀδίκους,	parjures et injustes,
ἐφοβεῖτο εὖ ὡπλισμένους,	il *les* redoutait comme bien armés,
ἐπειρᾶτο δὲ χρῆσθαι	mais il tâchait d'user
τοῖς ὁσίοις	des *hommes* pieux
καὶ ἀσκοῦσιν ἀλήθειαν	et pratiquant la vérité
ὡς ἀνάνδροις.	comme de non-*hommes*.
Ὥσπερ δέ τις	Et de même que quelqu'un
ἀγάλλεται ἐπὶ θεοσεβείᾳ	se pare du respect-pour-les-dieux
καὶ ἀληθείᾳ καὶ δικαιότητι,	et de la vérité et de la justice,
οὕτω Μένων ἠγάλλετο	ainsi Ménon se parait
τῷ δύνασθαι ἐξαπατᾶν	de ceci pouvoir tromper,
τῷ πλάσασθαι ψευδῆ,	de ceci avoir forgé des mensonges,
τῷ διαγελᾶν φίλους·	de ceci se moquer de ses amis;
ἐνόμιζε δὲ ἀεὶ	et il pensait toujours
τὸν μὴ πανοῦργον	le non-scélérat
εἶναι τῶν ἀπαιδεύτων.	être *du nombre* des ignorants.
Καὶ διαβάλλων τοὺς πρώτους	Et calomniant les premiers *amis*
παρὰ οἷς	*auprès de ceux* auprès desquels
ἐπεχείρει μὲν	il entreprenait d'une-part
πρωτεύειν φιλίᾳ,	tenir-le-premier-rang par l'amitié
ᾤετο δεῖν	il croyait falloir (qu'il fallait) *ainsi*
κτήσασθαι τούτους.	avoir acquis (gagné) ceux-ci.
Ἐμηχανᾶτο δὲ τὸ	Et il arrangeait ceci
παρέχεσθαι τοὺς στρατιώτας	rendre-pour-lui les soldats
πειθομένους	obéissants
ἐκ τούτου	par-suite de ceci
συναδικεῖν αὐτοῖς·	commettre-des-injustices-avec-eux;
ἠξίου δὲ τιμᾶσθαι	et il trouvait-juste d'être honoré
καὶ θεραπεύεσθαι	et d'être courtisé
ἐπιδεικνύμενος ὅτι	en montrant que [posé à)
δύναιτο καὶ ἐθέλοι ἂν	il pourrait et voudrait (serait dis--
ἀδικεῖν πλεῖστα·	être-injuste le plus;
ὁπότε δέ τις	et lorsque quelqu'un
ἀφίστατο αὐτοῦ,	s'éloignait de lui,
κατέλεγεν εὐεργεσίαν	il inscrivait *comme* bienfait,
ὅτι χρώμενος αὐτῷ,	de ce que usant de lui
οὐκ ἀπώλεσεν αὐτόν.	il n'avait pas fait-périr lui.
Καὶ ἔξεστι δὴ ψεύδεσθαι	Et il est permis certes d'être trompé
περὶ αὐτοῦ	sur lui

πάντες ἴσασι τάδ' ἐστί. Παρὰ Ἀριστίππου[1] μὲν, ἔτι ὡραῖος
ὢν, στρατηγεῖν διεπράξατο τῶν ξένων· Ἀριαίῳ δὲ βαρβάρῳ
ὄντι, ὅτι μειρακίοις καλοῖς ἤδετο, οἰκειότατος, ἔτι ὡραῖος ὢν,
ἐγένετο, αὐτὸς δὲ παιδικὰ εἶχε Θαρύπαν, ἀγένειος ὢν γενειῶντα.
Ἀποθνησκόντων δὲ τῶν συσστρατηγῶν, ὅτι ἐστράτευσαν ἐπὶ
βασιλέα σὺν Κύρῳ, ταῦτα πεποιηκὼς οὐκ ἀπέθανε, μετὰ δὲ τὸν
τῶν ἄλλων θάνατον στρατηγῶν τιμωρηθεὶς ὑπὸ βασιλέως
ἀπέθανεν, οὐχ ὥσπερ Κλέαρχος καὶ οἱ ἄλλοι στρατηγοὶ
ἀποτμηθέντες τὰς κεφαλάς, ὅσπερ τάχιστος θάνατος δοκεῖ εἶναι,
ἀλλὰ ζῶν αἰσχισθεὶς ἐνιαυτὸν, ὡς πονηρὸς[2] λέγεται τῆς
τελευτῆς τυχεῖν.

Ἀγίας δὲ ὁ Ἀρκὰς καὶ Σωκράτης ὁ Ἀχαιὸς καὶ τούτω ἀπε-

le monde sait, le voici. Il était encore joli garçon, quand il obtint
d'Aristippe un commandement de troupes étrangères; et il n'avait
point perdu la fraîcheur de la jeunesse, lorsqu'il vécut dans une
intimité des plus étroites avec Ariée le Barbare, qui aimait les
beaux jeunes gens : lui-même, à un âge où il n'avait pas de barbe,
eut pour mignon un Barbare, Tharipas. Quand les généraux périrent, pour avoir marché contre le roi avec Cyrus, il ne fut pas mis à
mort, quoiqu'il eût fait comme eux; mais, après le meurtre des
autres généraux, le roi ne le punit pas de mort comme Cléarque
et les autres chefs, à qui l'on trancha la tête, genre a mort qui
paraît le plus prompt; on dit qu'on lui fit souffrir un an les supplices des malfaiteurs, et que ce fut là sa fin.

Agias d'Arcadie et Socrate d'Achaïe furent également mis à mort.

τὰ μὲν ἀφανῆ,	*quant* aux choses non-visibles,
ἃ δὲ πάντες ἴσασιν	mais les choses que tous savent,
ἐστι τάδε·	sont celles-ci :
ὢν ἔτι ὡραῖος,	étant encore dans-la-fleur-de-l'âge,
διεπράξατο μὲν	il obtint d'un-côté
παρὰ Ἀριστίππου	de la part d'Aristippe
στρατηγεῖν τῶν ξενῶν ·	de commander les étrangers;
ἔτι δὲ ὢν ὡραῖος,	et étant encore dans-la-fleur-de-
ἐγένετο οἰκειότατος	il devint très-intime [l'âge,
Ἀριαίῳ	à Ariée
ὄντι βαρβάρῳ,	étant (qui était) barbare,
ὅτι ἤδετο	parce que *celui-ci* se réjouissait
καλοῖς μειρακίοις,	des beaux jeunes-gens,
αὐτὸς δὲ	et lui-même
ὢν ἀγένειος	étant sans-barbe
εἶχε παιδικὰ Θαρύπαν	avait *pour* mignon Tharypas
γενειῶντα·	ayant (qui avait)-de-la-barbe.
Τῶν δὲ συστρατηγῶν	Et les collègues-dans-le-comman-
ἀποθνησκόντων,	mourant, [dement
ὅτι ἐστράτευσαν	parce qu'ils avaient-fait-une-expé-
σὺν Κύρῳ	avec Cyrus [dition
ἐπὶ βασιλέα,	vers (contre) le roi,
πεποιηκὼς τὰ αὐτὰ	ayant fait les mêmes choses
οὐκ ἀπέθανε,	il ne mourut pas,
μετὰ δὲ τὸν θάνατον	mais après la mort
τῶν ἄλλων στρατηγῶν	des autres stratéges
τιμωρηθεὶς ὑπὸ βασιλέως	ayant été puni par le roi
ἀπέθανεν,	il mourut,
οὐχ ὥσπερ Κλέαρχος	non comme Cléarque
καὶ οἱ ἄλλοι στρατηγοὶ	et les autres stratéges
ἀποτμηθέντες τὰς κεφαλάς,	coupés *quant* aux têtes,
ὅσπερ θάνατος	laquelle mort
δοκεῖ εἶναι τάχιστος,	paraît être la plus prompte,
ἀλλὰ ζῶν ἐνιαυτὸν	mais vivant *un* an
αἰσχισθεὶς	traité-ignominieusement
λέγεται τυχεῖν	il est dit avoir obtenu
τῆς τελευτῆς ὡς πονηρός.	la fin comme un méchant.
Ἀγίας δὲ ὁ Ἀρκὰς	Et Agias l'Arcadien
καὶ Σωκράτης ὁ Ἀχαιὸς	et Socrate l'Achéen
καὶ τούτω ἀπεθανέτην ·	et ces-deux-ci moururent;

θανέτην· τούτων δὲ οὔθ' ὡς ἐν πολέμῳ κακῶν οὐδεὶς κατεγέλα, οὔτ' εἰς φιλίαν αὐτοὺς ἐμέμφετο· ἤστην δὲ ἄμφω ἀμφὶ τὰ πέντε καὶ τριάκοντα ἔτη ἀπὸ γενεᾶς.

Ni l'un ni l'autre ne furent jamais décriés comme lâches à la guerre, ni comme traîtres à l'amitié. Ils étaient âgés, tous les deux, de près de trente cinq ans.

οὐδεὶς δὲ οὔτε κατεγέλα τούτων	et personne ni ne se moquait de
ὡς κακῶν	comme mauvais [ceux-ci
ἐν πολέμῳ,	dans la guerre,
οὔτε ἐμέμφετο αὐτοὺς	ni ne blâmait eux
εἰς φιλίαν·	pour l'amitié;
ἤστην δὲ ἄμφω	et ils étaient tous-deux
ἀμφὶ τὰ πέντε	autour des (aux environs de) cinq
καὶ τριάκοντα ἔτη	et trente années
ἀπὸ γενεᾶς.	à-partir-de *leur* naissance.

NOTES

DU DEUXIÈME LIVRE DE L'ANABASE.

—

Page 2 : 1. Ἀναϐάσεως. Ἀνάϐασις, qui vient du verbe ἀναϐαίνω (monter), signifie l'action de marcher en haut; et, en effet, les Grecs, partis de l'Hellespont, s'étaient élevés en s'avançant vers le centre de l'Asie.

— **2.** Κύρω. Cyrus, auquel l'histoire donne le surnom de *le Jeune*, pour le distinguer du grand Cyrus, le fondateur de la monarchie persane.

— **3.** Ἀρταξέρξην. Artaxercès, surnommé *Mnémon*, à cause de sa mémoire prodigieuse.

— **4.** Μάχη. La bataille de Cunaxa, 401 avant Jésus-Christ.

Page 5 : 1. Τευθρανίας. La Teuthranie, contrée de la Mysie.

— **2.** Δημαράτου. Démarate, roi de Sparte, exilé par ses concitoyens, s'était réfugié à la cour de Darius, 492 ans avant Jésus-Christ. Sa franchise déplut à Xerxès, qui régna après Darius, et qui, dit-on, le fit mettre à mort.

— **3.** Γλοῦς. Glus ou Glos, l'un des principaux officiers de Cyrus : il devint plus tard amiral de la flotte d'Artaxercès.

— **4.** Ταμώ. L'égyptien Tamus commandait les vaisseaux réunis des Lacédémoniens et de Cyrus.

— **5.** Ἀριαῖος. Ariée, un des personnages les plus importants du parti de Cyrus; il avait commandé l'aile gauche à la bataille de Cunaxa.

— **6.** Κλέαρχος. Cléarque, exilé lacédémonien, qui avait levé des troupes grecques pour Cyrus, et qui, après la mort de ce prince, dirigea la retraite des dix mille jusqu'au moment où il périt lui-même par la trahison de Tissapherne.

Page 6 : 1. Χειρίσοφον. Le lacédémonien Chirisophe fut investi plus tard du commandement de toute l'armée, qu'il garda peu de temps; il mourut pendant cette retraite, d'une potion qu'il avait prise pour la fièvre.

— 2. Μένωνα. Le thessalien Ménon, un des généraux grecs qui périrent par la trahison de Tissapherne.

Page 8 : 1. Περὶ πλήθουσαν ἀγοράν, vers l'heure où la place publique est pleine, c'est-à-dire entre le matin et midi.

— 2. Τισσαφέρνους. Tissapherne, un des principaux lieutenants d'Artaxercès. C'était lui qui, le premier, avait dénoncé à ce prince les projets ambitieux de Cyrus.

— 3. Φαλῖνος. Phalinus était de Zacynthe, aujourd'hui *Zante*, île de la mer Ionienne.

Page 10 : 1. Θύρας, portes; expression consacrée en Orient pour désigner la cour. C'est ainsi qu'on dit encore la Porte ottomane, ou simplement la Porte.

— 2. Κλεάνωρ. L'arcadien Cléanor était le plus vieux des généraux grecs après Cléarque.

— 3. Πρόξενος. Le thébain Proxène, un des généraux grecs qui périrent par la trahison de Tissapherne.

Page 22 : 1. Λοχαγούς, chefs de compagnie, ou lochages. Le λόχος était une compagnie de cinquante hommes.

— 2. Τίγρης. Le Tigre, aujourd'hui le *Didjel*; fleuve qui naît sur le versant méridional du Taurus et qui, après s'être réuni à l'Euphrate, va se perdre dans le golfe Persique.

Page 26 : 1. Παρασάγγαι. La parasange, mesure itinéraire des Perses, répondait à peu près à notre lieue de 4 kilomètres.

— 2. Στάδιοι. Le stade était d'environ 185 mètres.

Page 28 : 1. Εἰς ἀσπίδα βάπτοντες. On reçoit le sang dans un bouclier où les Grecs et les barbares trempent leurs armes.

Page 30 : 1. Ἐν δεξιᾷ... ἥλιον. Ils se dirigeaient donc vers le nord

Page 36 : 1. Τάλαντον. La valeur du talent était de 5500 francs.

Page 46 : 1. Τὸν ἐγκέφαλον, la tête, c'est-à-dire le chou du palmier.

Page 62 : 1. Εὐφράτην. L'Euphrate, aujourd'hui le *Frat* des Turcs. Ce fleuve, qui naît dans les montagnes de l'Arménie méridionale, se réunit au Tigre à Corna, et prend alors le nom de Chat-el-Arab.

Page 64 : 1. Ὀρόντας. Oronte, satrape d'Arménie.

Page 66 : 1. Τεῖχος. Cette muraille, construite pour garantir la Babylonie des invasions des peuples nomades qui habitaient la partie basse de la Mésopotamie, s'étendait de l'Euphrate au Tigre

Page 68 : 1. Σιττάκη. Sitace, ville d'Assyrie, capitale de la Sitacène.

— 2. Ξενοφῶν. Xénophon, l'auteur même de ce récit.

Page 70 : 1. Ἀρτάοζος. Artaoze ou Artabaze avait été un des amis de Cyrus.

Page 76 : 1. Φύσκον. Le Physcus, fleuve de l'Assyrie, qui se jette dans le Tigre ; c'est aujourd'hui l'*Odorneh*.

— 2. Πλέθρου. Le plèthre était d'environ 31 mètres.

— 3. Ἀδελφός. Le nom de ce personnage est resté inconnu.

— 4. Σούσων. Suse, capitale de la Suziane, sur le Choaspe, résidence d'hiver des rois de Perse, aujourd'hui *Chouster*.

— 5. Ἐκβατάνων. Ecbatane, capitale de la Médie, résidence d'été des rois de Perse, aujourd'hui *Hamadan*.

— 6. Ἡγεῖτο εἰς δύο. Cléarque, qui marchait en tête, faisait défiler les hommes de l'avant-garde deux par deux. Cette manœuvre de Cléarque, mal comprise par les traducteurs, a été l'objet de critiques fort vives. « Comment, dit l'un d'eux, écrivain compétent dans l'art militaire, Cléarque, prêtant le flanc à l'armée nombreuse du roi, osa-t-il faire défiler ainsi les Grecs, et former de ses troupes une colonne qui ne finissait point et qui n'aurait pu opposer la moindre résistance si les barbares eussent chargé ? Il fallait, d'ailleurs, que les Perses fussent bien peu accoutumés à voir des troupes pour que cette procession ridicule leur fît illusion. » Cette objection serait fondée si le texte signifiait que Cléarque fit défiler deux par deux tous les Grecs ; mais le sens est qu'il fit défiler ainsi l'avant-garde. De là vient que les Perses eurent longtemps en face d'eux le gros des Grecs et que ceux-ci, ignorant ce qui se passait à l'avant-garde, s'étonnaient eux-mêmes de défiler si lentement.

Page 78 : 1. Παρυσάτιδος. Parysatis, mère d'Artaxercès et de Cyrus, avait toujours témoigné une préférence marquée pour Cyrus et favorisé les projets ambitieux de ce prince.

— 2. Καιναί. Cœnœ, ville de la Mésopotamie, aujourd'hui *El-Senn.*

— 3. Ζαπάταν. Le Zapatas, aujourd'hui le *Zad*.

Page 86 : 1. Μύσους. Les Mysiens, peuple de l'Asie Mineure.

Page 88 : 1. Πισίδας. Les Pisidiens, peuple de l'Asie Mineure.

Page 96 : 1. Τιάραν ὀρθήν. Les rois seuls portaient la tiare droite.

— 2. Ἐπὶ τῇ καρδίᾳ. Métaphore de mauvais goût.

Page 100 : 1. Νίχαρχος. L'arcadien Nicarque, qui devait passer plus tard aux Perses avec vingt hommes.

Page 102 : 1. Μιθριδάθης. Ce Mithridaté, naguère ami de Cyrus, se montra acharné à la perte des Grecs, qu'il attaqua plusieurs fois dans leur retraite.

— 2. Ἑρμηνεύς. C'était un Carien nommé Pigrès.

— 3. Σοφαίνετος. Sophénète de Stymphale, hôte de Cyrus, avait levé mille hoplites pour ce prince. Plus tard il fut accusé d'avoir manqué de vigilance dans ses fonctions de stratège et condamné à une amende de 10 mines.

Page 104 : 1. Τὰ περὶ Προξένου. C'était Proxène qui avait engagé Xénophon dans cette expédition et qui l'avait présenté à Cyrus

Page 108 : 1. Χερῥονήσου. La Chersonèse de Thrace, aujourd'hui la *presqu'île de Gallipoli*.

— 2. Πέρινθου. Périnthe, ville de Thrace, sur la Propontide.

Page 110 : 1. Ἰσθμοῦ. L'isthme par excellence pour les Grecs, l'isthme de Corinthe.

— 2. Ἑλλήσποντον. L'Hellespont, aujourd'hui le *canal des Dardanelles*.

— 3. Μυρίους δαρεικούς, environ 180 500 francs. La darique valait environ 18 fr. 55 c. C'était une pièce d'or au type de Darius le Mède, sur laquelle était représenté un archer décochant une flèche.

Page 118 : 1. Γοργία. Gorgias, célèbre rhéteur. Platon a donné son nom à un de ses dialogues.

— 2. Λεοντίνῳ, de Léontini. Léontini, aujourd'hui *Lenti*, ville de Sicile.

Page 126 : 1. Ἀριστίππου. Aristippe de Larisse, hôte de Cyrus, avait reçu de ce prince de l'argent et quatre mille soldats pour établir son autorité chez ses concitoyens.

— 2. Ὡς πονηρός. Il eut le pied ou la main coupée.

FIN.

22343. — PARIS. IMPRIMERIE A. LAHURE
9, rue de Fleurus, 9

NOUVELLE COLLECTION
DE CLASSIQUES
GRECS, LATINS, FRANÇAIS ET ÉTRANGERS
A L'USAGE DES ÉLÈVES
Format petit in-16 cartonné
(LES NOMS DES ANNOTATEURS SONT INDIQUÉS ENTRE PARENTHÈSES)

LANGUE GRECQUE

Aristophane : *Morceaux choisis* (Poyard). . . . . 2 fr.
Aristote : *Morale à Nicomaque*, 8° liv. (Lucien Lévy). . . , 1 fr.
— *Morale à Nicomaque*, 10° liv. (Hannequin) . . . . . 1 fr. 50 c.
— *Poétique* (Egger, membre de l'Institut). . . . . 1 fr.
Démosthène : *Discours de la couronne*, ou pour Ctésiphon (Weil, membre de l'Institut) . . . . 1 fr. 25 c.
— *Les quatre philippiques* (Weil) . . . . 1 fr.
— *Les trois olynthiennes* (Weil). . . . . 60 c.
— *Sept philippiques* (Weil). . . . . 1 fr. 50 c.
Denys d'Halicarnasse : *Lettre à Ammée* (Weil). . . . . 60 c.
Élien : *Morceaux choisis* (J. Lemaire). . . . . 1 fr. 10 c.
Épictète : *Manuel* (Thurot, membre de l'Institut). . . . . . 1 fr.
Eschyle : *Morceaux choisis* (Weil). . . . . 1 fr. 60 c.
— *Prométhée enchaîné* (Weil). . . . . 1 fr.
— *Les Perses* (Weil). . . . . 1 fr.
Euripide : *Théâtre* (Weil) : *Alceste; Électre; Hécube; Hippolyte; Iphigénie à Aulis; Iphigénie en Tauride.* Chaque tragédie. 1 fr.
— *Morceaux choisis* (Weil). . . . . 2 fr.
Hérodote : *Morceaux choisis* (Tournier, maître de conférences à l'École normale supérieure, et Desrousseaux) . . . . 2 fr.
Homère : *Iliade* (A. Pierron) . . . . 3 fr. 50 c.
— *Odyssée, chants I, II, VI, XI, XII, XXII, XXIII* . chacun 25 c.
— *Morceaux choisis de l'Iliade* (A. Pierron). . . . . . 1 fr. 60 c.
Lucien : *De la manière d'écrire l'histoire* (A. Lehugeur). . 75 c.
— *Le songe ou le coq* (Desrousseaux) . . . . 1 fr.
— *Dialogues des morts* (Tournier et Desrousseaux). . 1 fr. 50 c.
— *Morceaux choisis* (E. Talbot, prof. au lycée Condorcet). . . 2 fr.
Platon : *Criton* (Ch. Waddington, professeur à la Faculté des lettres de Paris). . . . . 50 c.
— *République*, VI° livre (Aubé) . . . . 1 fr. 50 c.
— *République*, VII° livre (Aubé) . . . . 1 fr. 50 c.
— *République*, VIII° livre (Aubé). . . . . 1 fr. 50 c.
— *Morceaux choisis* (Poyard). . . . . 2 fr.
Plutarque : *Vie de Cicéron* (Graux) . . . . 1 fr.
— *Vie de Démosthène* (Graux) . . . . 1 fr.
— *Morceaux choisis des biographies* (Talbot), 2 vol. : 1° les Grecs illustres, 1 vol., 2 fr.; 2° les Romains illustres, 1 vol.. . . . 2 fr.
— *Morceaux choisis des Œuvres morales* (V. Bétolaud). . 2 fr.
Sophocle : *Théâtre* (Tournier) : *Ajax; Antigone; Électre; Œdipe roi ; Œdipe à Colone; Philoctète; Trachiniennes.* Chaque tragédie. 1,
— *Morceaux* . . . . *théâtre* (Tournier). 2

Thucydide : *Morceaux choisis* (Croiset, maître de conférences à la Faculté des lettres de Paris) . . . . **2 fr**
Xénophon : *Economique* (Graux et Jacob) . . . . . . **1 fr. 50 c**
— *Mémorables*, livre I (Lebègue) . . . . **1 fr**
— *Extraits des Mémorables* (Jacob) . . . . **1 fr. 50 c**
— *Morceaux choisis* (de Parnajon) . . . . **2 fr**

LANGUE LATINE

Cicéron : *Extraits des principaux discours* (F. Ragon) . **2 fr. 50 c**
— *Extraits des ouvrages de rhétorique* (V. Cucheval, professeu de rhétorique au lycée Condorcet) . . . . **2 fr**
— *Choix de lettres* (V. Cucheval) . . . . **2 fr**
— *De amicitia* (E. Charles, recteur de l'Académie de Lyon) . . **50 c**
— *De finibus libri I et II* (E. Charles) . . . . **1 fr. 50 c**
— *De legibus liber I* (Lucien Lévy) . . . . **75 c**
— *De natura deorum, liber II* (Thiaucourt) . . . . . **1 fr. 50 c**
— *De re publica* (E. Charles) . . . . **1 fr. 50 c**
— *De senectute* (E. Charles) . . . . **40 c.**
— *De suppliciis* (E. Thomas) . . . . **1 fr. 50 c.**
— *De signis* (E. Thomas) . . . . **1 fr. 50 c.**
— *In M. Antonium philippica secunda* (Gantrelle) . . . . **1 fr.**
— *In Catilinam orationes quatuor* (A. Noël) . . . . **60 c.**
— *Orator* (C. Aubert) . . . . **1 fr.**
— *Pro Archia poeta* (E. Thomas) . . . . **30 c.**
— *Pro lege Manilia* (A. Noël) . . . . **30 c.**
— *Pro Ligario* (A. Noël) . . . . **30 c.**
— *Pro Marcello* (A. Noël) . . . . **30 c.**
— *Pro Milone* (A. Noël) . . . . **40 c.**
— *Pro Murena* (A. Noël) . . . . **40 c.**
— *Somnium Scipionis* (V. Cucheval) . . . . **30 c.**
Cornelius Nepos (Monginot, prof. au lycée Condorcet) . . . **90 c**
Elégiaques romains (Extraits des) (A. Waltz) . . . **1 fr. 80 c.**
Heuzet : *Selectæ e profanis scriptoribus* (Lemaire) . . **1 fr. 75 c.**
Horace : *De arte poetica* (Maurice Albert) . . . . . . **60 c.**
Jouvency : *Appendix de diis et heroibus* (Edeline) . . . **70 c.**
Lhomond : *De viris illustribus Romæ* (Chaine) . . . **1 fr. 10 c.**
— *Epitome historiæ sacræ* (A. Pressard) . . . . **60 c.**
Lucrèce : *De la Nature*, 5ᵉ livre (Benoist et Lantoine) . . . **90 c.**
— *Morceaux choisis* (Poyard) . . . . **1 fr. 50 c.**
Ovide : *Morceaux choisis des Métamorphoses* (Armengaud) . **1 fr. 80**
Pères de l'Eglise latine (Nourrisson) . . . . **2 fr. 25 c.**
Phèdre : *Fables* (E. Talbert) . . . . **80 c.**
Plaute : *La marmite (Aulularia)* (Benoist) . . . . **80 c.**
— *Morceaux choisis* (Benoist) . . . . **2 fr.**
Pline le Jeune : *Choix de lettres* (Waltz) . . . . . **1 fr. 80 c.**
Quinte-Curce (Dosson) . . . . **2 fr. 25 c.**
Quintilien : *Institutions oratoires*, xᵉ livre (Dosson) . **1 fr. 50 c.**
Salluste (Lallier) . . . . **1 fr. 80 c.**
Sénèque : *De vita beata* (Delaunay) . . . . **75 c.**
— *Lettres à Lucilius, I à XVI* (Aubé) . . . . **75 c.**
Tacite : *Annales* (E. Jacob, prof. au lycée Louis-le-Grand) **2 fr. 50 c.**
— *Histoires, liv. I et II* (Gœlzer) . . . . **1 fr. 80 c.**
— *Vie d'Agricola* (E. Jacob) . . . . **75 c.**
Térence : *Adelphes* (Psichari et Benoist) . . . . **80 c.**
Tite-Live : *Livres XXI et XXII* (Riemann et Benoist) . . . **2 fr.**
— *Livres XXIII, XXIV et XXV* . . . . **2 fr. 25 c.**
— *Livres XXVI à XXX* . . . . **2 fr.**
Virgile : *Œuvres* (Benoist) . . . . **2 fr. 25 c.**

LANGUE FRANÇAISE

Boileau : *Œuvres poétiques* (E. Geruzez) . . . . . . **1 fr. 50**
— *L'Art poétique*, séparément. . . . . **40 c.**
Bossuet : *Connaissance de Dieu* (de Lens). . . . . **1 fr. 60 c.**
— *Sermons choisis* (Rébelliau). . . . . **3 fr.**
Buffon : *Discours sur le style* (E. Dupré). . . . . . . **30 c.**
— *Morceaux choisis* (E. Dupré). . . . . **1 fr. 50 c.**
Chanson de Roland et Joinville *Extraits* (G. Paris). **2 fr. 50 c.**
Condillac : *Traité des sensations, liv. I* (Charpentier). **1 fr. 50 c.**
Corneille : *Cinna* (Petit de Julleville). . . . . **1 fr.**
— *Horace* (Petit de Julleville). . . . . **1 fr.**
— *Le Cid* (Petit de Julleville). . . . . **1 fr.**
— *Nicomède* (Petit de Julleville). . . . . **1 fr.**
— *Le Menteur* (Lavigne). . . . . **1 fr.**
— *Polyeucte* (Petit de Julleville). . . . . **1 fr.**
Descartes : *Discours de la méthode; première méditation* (Charpentier, professeur au lycée Louis-le-Grand). . . . . **1 fr. 50 c.**
— *Principes de la philosophie, 1re partie* (Charpentier). **1 fr. 50 c.**
Fénelon : *Fables* (Ad. Regnier, de l'Institut). . . . . . . **75 c.**
— *Sermon pour la fête de l'Epiphanie* (G. Merlet). . . . **60 c.**
— *Télémaque* (A. Chassang). . . . . **1 fr. 80 c.**
Florian : *Fables* (Geruzez). . . . . **75 c.**
Joinville : *Histoire de saint Louis* (Natalis de Wailly, membre de l'Institut) . . . . **2 fr.**
— *Extraits*, voy. *Chanson de Roland*.
La Fontaine : *Fables* (E. Geruzez) . . . . **1 fr. 60 c.**
Lamartine : *Morceaux choisis*. . . . . **2 fr**
Leibniz : *Extraits de la Théodicée* (P. Janet). . . . . **2 fr. 50 c.**
— *Monadologie* (H. Lachelier). . . . . **1 fr**
— *Nouveaux Essais* (Lachelier). . . . . **1 fr. 75 c.**
Malebranche : *De la recherche de la vérité, liv. II : de l'Imagination* (Thamin). . . . . **1 fr. 50 c.**
Molière : *L'Avare* (Lavigne). . . . . **1 fr.**
— *Le Tartufe* (Lavigne). . . . . **1 fr.**
— *Le Misanthrope* (Lavigne). . . . . **1 fr.**
— *Les Femmes savantes* (Larroumet). . . . . **» »**
Pascal : *Opuscules* (C. Jourdain). . . . . **75 c.**
— *Opuscules philosophiques* (Adam). . . . . **1 fr. 50**
Racine : *Andromaque* (Lavigne). . . . . **75 c.**
— *Athalie* (Lanson). **» »**
— *Britannicus* (Lanson). . . . . **1 fr.**
— *Esther* (Lanson). **1 fr**
— *Iphigénie* (Lanson). . . . . **1 fr**
— *Les Plaideurs* (Lavigne). . . . . **75 c**
— *Mithridate* (Lanson). . . . . **1 fr.**
Sévigné : *Lettres choisies* (Ad. Regnier, de l'Institut). **1 fr. 80 c.**
Théâtre classique (Ad. Regnier, de l'Institut) . . . . . . **3 fr.**
Voltaire : *Choix de lettres* (Brunel). . . . . **2 fr. 25 c.**

LANGUE ALLEMANDE

Auerbach : *Récits villageois de la Forêt-Noire* (B. Lévy). **2 fr. 50 c.**
Benedix : *Le procès* (Lange) . . . . **60 c.**
— *L'entêtement* (Lange) . . . . **60 c.**
Chamisso : *Pierre Schlemihl* (Koell). . . . . **1 fr.**
Contes et Morceaux choisis de Schmid, Krummacher, Liebeskind, Lichtwer, Hebel, Herder et Campe (Scherdlin, professeur au lycée Charlemagne) . . . . **1 fr. 50 c**

Contes populaires tirés de Grimm, Musæus, Andersen et
des *Feuilles de palmier* par Herder et Liebeskind (Scherd-
lin). . . . . 2 fr. 50 c.
Gœthe : *Iphigénie en Tauride* (B. Lévy). . . . . . 1 fr. 50 c.
— *Campagne de France* (B. Lévy). . . . . 1 fr. 50 c.
— *Faust*, 1re partie (Büchner). . . . . 2 fr.
— *Le Tasse* (B. Lévy) . . . . 1 fr. 80 c.
— *Morceaux choisis* (B. Lévy). . . . . 3 fr.
Hoffmann : *Le tonnelier de Nuremberg* (Bauer) . . . . . 2 fr.
Kleist (de) : *Michael Kohlhaas* (Koch). . . . . 1 fr.
Kotzebue : *La petite ville allemande* (Bailly). . . . 1 fr. 50 c.
Lessing : *Laocoon* (B. Lévy) . . . . 2 fr
— *Extraits des lettres sur la littérature moderne et des lettres
archéologiques* (Cottler, professeur au lycée Charlemagne). 2 fr.
— *Extraits de la Dramaturgie* (Cottler). . . . . . . 1 fr. 50 c.
— *Minna de Barnhelm* (B. Lévy). . . . . 1 fr. 50 c.
Niebuhr : *Histoires tirées des temps héroïques de la Grèce* (Koch,
professeur au lycée Saint-Louis) . . . . 1 fr. 50 c.
Schiller : *Guerre de Trente Ans* (Schmidt et Leclaire). 2 fr. 50 c.
— *Guillaume Tell* (Fix). . . . . 1 fr. 50 c.
— *Histoire de la révolte des Pays-Bas* (Lange). . . . 2 fr. 50 c.
— *Jeanne d'Arc* (Bailly). . . . . 2 fr. 50 c.
— *La Fiancée de Messine* (Scherdlin) . . . . 1 fr. 50 c.
— *Wallenstein*, poème dramatique en 3 parties (Cottler). 2 fr. 50 c.
— *Oncle et Neveu* (Briois, professeur au lycée de Rouen). . . 1 fr.
— *Morceaux choisis* (B. Lévy) . . . . 3 fr.
Schiller et Gœthe : *Correspondance* (B. Lévy) . . . . . . 3 fr
Schmid : *Cent petits contes* (Scherdlin). . . . . . . 1 fr. 50 c
— *Les Œufs de Pâques* (Scherdlin). . . . . 1 fr. 25 c

LANGUE ANGLAISE

Byron : *Childe Harold* (E. Chasles) . . . . 2 fr.
Cook : *Extraits des Voyages* (Angellier). . . . . 2 fr.
Edgeworth . *Forester* (Al. Beljame). . . . . 1 fr. 50 c.
— *Contes choisis* (Motheré, prof. au lycée Charlemagne). . 2 fr.
Eliot (G.) : *Silas Marner* (A. Malfroy) . . . . 2 fr. 50 c.
Foë (Daniel de) : *Robinson Crusoé* (Al. Beljame). . . . 1 fr. 50 c.
Franklin : *Autobiographie* (E. Fiévet). . . . . 1 fr. 50 c.
Goldsmith : *Le vicaire de Wakefield* (A. Beljame). . 1 fr. 50 c.
— *Le Voyageur; le Village abandonné* (Motheré) . . . . . 75 c.
— *Essais choisis* (Mac Enery, prof. au lycée Condorcet). 1 fr. 50 c.
Gray : *Choix de poésies* (Legouis). . . . . 1 fr. 50 c.
Irving (Washington) : *La vie et les voyages de Christophe Colomb*
(E. Chasles) . . . . 2 fr.
Macaulay : *Morceaux choisis des Essais* (Beljame). . 2 fr. 50 c.
— *Morceaux choisis de l'Histoire d'Angleterre* (Battier). 2 fr. 50 c.
Milton : *Le Paradis perdu, livres I et II* (Beljame). . . . 90 c.
Pope : *Essai sur la critique* (Motheré) . . . . 75 c.
Shakespeare : *Jules César* (C. Fleming). . . . . . . 1 fr. 25 c
— *Henri VIII* (Morel, prof. au lycée Louis-le-Grand) . 1 fr. 25 c.
— *Macbeth* (Morel). . . . . 1 fr. 80 c.
— *Othello* (Morel). . . . . 1 fr. 80 c.
Swift : *Les voyages de Gulliver* (E. Fiévet). . . . . 1 fr. 80 c
Tennyson : *Enoch Arden* (Beljame). . . . . » »
Walter Scott : *Extraits des Contes d'un grand-père* (Talandier,
ancien professeur au lycée Henri IV). . . . . . . 1 fr. 50 c.
— *Morceaux choisis* (Battier). . . . . 3 fr.

Imprimerie A. Lahure, rue de Fleurus, 9, à Paris.